我的家在康樂里

謝鑫佑 著

獻給 舉燈引航的老師們

蔣勳、林懷民、陳芳明、駱以軍、陳錚

以及我的妹妹謝曉昀

名人推薦

束縛與解脫——序《我的家在康樂里》

◎陳芳明（政治大學台文所講座教授）

小說的靈魂，無非是由文字所營造起來。文字所形塑出來的深度與廣度，往往是由作者的主觀意志所決定。閱讀謝鑫佑的小說時，總是在字裡行間看見若隱若現的羞澀。彷彿在廣大平靜的水面，暗藏著即將襲來的海嘯。長期扮演著小說讀者，我總是保持一只敏感的鼻子，希望能夠察覺文字所暗藏的衝擊力道。謝鑫佑是我的臉友，能夠互相看見只是停留在網路的文字。當他的短篇小說集寄來時，我非常好奇他的寫作歷程。閱讀之際，才知道他的小說布局、人物塑造、故事結構是那樣引人遐思。未曾謀面的作者，第一次以他動人的文字吸引我。後來我才知道，他已經獲獎無數。

他的小說集第一篇作品〈縛〉，小說主角已經處在生死交關的病人。第一段就是「幾個月後，在醫師護士高舉著電擊器面對我時，我將會想起當初被緊急送來醫院的那個下午」，這樣的語法頗像南美小說家馬奎茲的作品。那種時光順序的逆轉，頗為動人。這當然是謝鑫佑自己的語法，從事件的結果重新拉回到最初，整個敘事手法立刻產生一定程度的縱深。謝鑫佑的敘事手法一開始就很動人，整個故事發生在母親離家出走後，兒子遭到父親的性侵。其中令人震撼的句子，讀來讓人驚心動魄：

> 光輝的希望與未來被父親巨大雄壯的身體遮掩，在胸腔逐漸充滿男性荷爾蒙時，我意識自己正驚懼並貪婪地讓混融父親與自己的男性的氣味悄悄竊竊流進肺部。被周圍光線包圍，在父親成為世界帶來光亮的第二位上帝前，被猶太人用小圓帽遮蓋象徵謙卑的頭頂正被暗如墨色的父之陰影籠罩。

他的句法看來有些繁瑣，其實他是在製造延宕與懸宕的效果。讓身體的感覺不斷向後推遲，終於稀釋了整個驚心動魄的畫面。最後他終於使用這樣的語法來描述「黎明前我仰望寬鬆的四角褲襠中模糊、多毛、巨大、黑暗、威嚴、支配一切，如同發情公獸的生殖分泌氣味。我想起一粒半剖的皮蛋。」那是一種同性的亂倫，也是一種強暴，讀來讓人膽顫心驚。那種粗暴殘酷的場面，作家竟能夠以如此從容的語法敘述。他在書寫時的那種篤定，不免使讀者發出讚歎。

身為小說家的謝鑫佑，總是習慣從家庭倫理的議題出發。那種異於常人的親情，在描述過程中總是帶著致命的吸引力。他總是擅長釀造故事的氛圍，也總是勇於突破倫理的桎梏。他所寫的另一篇獲獎小說〈弟弟〉，描寫著感情非常密切的兄弟。這篇作品寫得相當動人心弦，比起陳映真所寫的〈我的弟弟康雄〉更為深刻動人。這位弟弟從小就有作畫的天才，往往以最簡單的色彩勾勒出深刻畫作。謝鑫佑寫這篇小說時，文字讀來特別柔軟而感傷。一直被期待有一天會出人頭地的弟弟，最後選擇離家出走。哥哥在網路上發現，弟弟有一位同性男友。在傳統保守的家庭裡，絕對不可能得到父母的支持。

〈弟弟〉這篇小說頗能顯示作者細膩幽微的手法，小說中的哥哥扮演父母與弟弟之間的緩衝媒介。這樣的位置，正好可以看到父母與弟弟之間的互動關係。整個故事的敘述，讀來頗為感傷。故事的重要轉折，發生在父母去探望弟弟的時刻。父母親「帶了水果首次前去弟弟住所，進門便見滿是菸蒂的菸灰缸與啤酒空罐置於桌上。菸酒不沾的父親當場震怒，擎起菸灰缸朝向弟弟扔去。」從此弟弟就離家出走再也沒有回來。閱讀這篇小說時，竟也無端湧起無法抑制的感傷。最後一次接到弟弟的訊息，他已經躺在醫院裡。

這篇讀來令人動容的故事，在某些時刻直探讀者最深沉的脆弱情感。生命到達最終點的時刻，弟弟也只是告訴哥哥而已。那種兄弟之間的連帶感，遠遠超過父母的感情。哥哥一個人為弟弟送終，那段描寫讀來令人悲傷：「封棺前，我望著大量冥錢擠壓薄弱的身軀上濃艷陌生的面孔，與牆邊稚氣未脫樸實熟悉的弟弟的高職照片，這短短幾年如同破爛變形的草莓，任誰也無法想像最初的甜美鮮嫩與果實初熟時飽滿愉悅的枝頭顫動。」那種兄弟之間情感之細膩而委婉，幾乎接近詩意。其中暗藏的悲傷、痛苦，似乎都在故事的最後獲得昇華，這是非常不容易的故事營造。在描述過程中，每一個敘述文字都安排的恰到好處。對於一位小說家而言，這是一種超越。

〈我的家在康樂里〉描述的是老兵與狗的故事，敘述過程中滿溢出來的悲傷與感傷，幾乎是到達一首詩的境界。離鄉來台的老兵，與整旅的兄弟，沿著公墓搭起鐵皮寮。老兵最親密的夥伴，就是一隻黃狗。人犬之間所建立的感情，已經密不可分。老兵並不知道有一天，他所住的違建將開始都更，整個生活秩序也將受到改變。故事發生在拆除的前一晚，都更變成了新聞事件。城鄉所的學生，也參與了都更活動。不久以後，老兵必須搬遷到新的國宅。他唯一關心的是如何處理黃狗，因為新的國宅不容許養狗。

這是一個生離死別的故事，作者必須處理人與狗之間的感情。國宅建好時，老兵必須搬進去，那隻狗就要遭到遺棄。作者寫到這裡，一個驚心動魄的畫面出現了。老兵很擔心狗會被抓去煮，這是一個生離死別的畫面。他終於解開了菜刀，最後來處理老狗的生命。這是一個不容許溫情存在的社會，這也是一個價值與感情發生衝突的劇烈時代。謝鑫佑在最後一段這樣寫著：「然後遠處傳來鞭炮聲響，老兵低聲啜泣起來。」最後出現這樣的畫面，暗示了一個溫情的傳統宣告終結。這不是人與狗的故事，而是人間無法言宣的悲傷。

身為讀者，我之發現謝鑫佑似乎已經遲到了。深夜裡閱讀他的小說時，有時不免感到無法抑制的激動。地球仍然照常運轉，城市仍然依舊忙碌。許多細微的情感，都淹沒在人間的市聲裡。非常感謝小說家讓我們看見從來看不見的故事，他讓我們重新發現世界，也讓我們重新發現自己。

二〇二〇年八月六日 政大台文所

名人推薦

每一個主人翁都隨身攜帶著幽默與悲劇

◎黨若洪（畫家）

繪畫與作文

我向來逃避寫作，從小開始。雖然不是傻子，但實在太過於懶散，對於所有暗示著工作（或功課）的事情，我有本能的逃避天賦，寧可假傻，我也迴避所有需要花費心思的事兒，不只是作文一項。

我恨書

二〇一六年底的頒獎典禮，偶然認識了鑫佑兄，這兩三年來維持著簡單問候，誰也不介入對方什麼的FB來往，凌空遙測觀照彷彿成了空中的朋友，彼此都是局外人，是當今最舒心的關係，這一切直到接讀了他的書稿畫下句點。

作為一個創作者，作品就是我們某種代言，你無法忽視你在當中看見的靈光閃爍與沉船墜機。當他用第一個故事〈縛〉打開了心靈深洞，我輕巧浮世的泡沫就破了，作為一個隆重的開場，以一種未曾見過的卑微與殘酷姿態並置，假托在誠摯的取悅裡、啃食我們身心血肉的故事，如重錘掄牆，一錘重一錘，華麗自盼地向前推進，誠實與乖巧以驕傲的心靈包裝，存心誰也不想放過誰。

〈弟弟〉

「梵谷、莫內、雷諾瓦」起手，「香雞城」＋「與我的達新牌彼此緊靠的書桌」的好時光，再到「菸灰缸」、「大湖草莓」帶血轉折，再見「梵谷、莫內、雷諾瓦」（印著名畫的鐵盒裝巧克力）。

「署立醫院」人生迴旋，續一個「兒奔跑碎步學語、水果叉輕碰瓷盤」。終局再次回歸樸素的「達新牌書桌」與「梵谷、莫內、雷諾瓦」。

巧妙的設置與淡然情感在最後才暗自扣環，互文也彼此點燃的大火，在故事終結的一刻才能熊熊焚燒。

〈我的家在康樂里〉

好故事以誠摯的文字與情感為基底，眾人展演時代幸福與悲劇彼此的一體性與它的同時完成，黃狗、老兵藉著回憶的攤開與榮宅的落成，將陳舊的小日子與康莊新時代的彼此過度與微小矛盾，放送成絕境章曲。

刷、刷、刷起手三個故事就像三把刀，劈開生活的甜蜜，殘酷的作者藉著虛構的故事向我們展現他擺弄命運之手的能力，讀到最後我才明白每一個主人翁都隨身攜帶著幽默與悲劇。

回顧自身，過往生命裡最令人羞憤的日子，除了是一生急於想要掩蓋的醜事、遠離的惡夢（然而它卻是真實的），同時也是生命中最充滿能量的事件，在漫長的人生中持續地照耀著我，無論我多麼希望它不是當時的那個樣子，然而它卻永遠是。也許正因如此，我才得到能量，在後悔、羞辱、錯誤與謊言中，反覆放逐與回歸，流浪反芻。這段黑暗的心靈，成了我人生裡的光。

幾乎不讀書，但我也真的好奇，鑫佑兄到底看到了什麼？

在人生的圖畫裡。

名人推薦

微小的凝視文

◎詹傑（影像暨舞台劇編劇）

初識鑫佑，是從小說《五囝仙偷走的祕密》。

那時撲天蓋地在找可以改編的故事，《五囝仙偷走的祕密》讓我停下了尋找目光。一頁頁讀下，那個龐大而微小的敘事，好幾代人如塵地活著，然後轟的一聲，這塊土地上的一切便在島嶼南方煙消雲散，彷彿從不存在，忽忽讓人想起了作家馬奎斯的《百年孤寂》。改編最後因為經費過於龐大擱置了，但那些小說角色還在我腦裡，一路帶著我認識了作者鑫佑。

短篇小說集《我的家在康樂里》的出版，彷彿收錄了鑫佑早年創作的藍色時光，在還沒進入那麼龐大、動員諸多素材的悠遠敘事前，帶著我們去看了屬於他早慧的，對於生活與自身的注視。〈縛〉的文字旖旎多彩，意象併發活色生香，讓人目不暇給；〈我的家在康樂里〉寫老兵與黃狗在公園一角相依為命，他們被時間遺忘與遺棄，因而有了相濡以沫的革命情感，彷彿見證著彼此存在的姿態。

所有篇章中，我鍾愛〈弟弟〉。看似若無其事的哥哥敘述口吻，一路描寫具有天分的弟弟，如何憑藉著過人美術天分，奪取父母和眾人目光。在這昔時曾是墳塚遍布的小地方，哥哥恍若草叢間的火金姑，看著未來一定大有發展的弟弟，宛如遙望星辰。也許從那時起，兄弟倆就走上了截然不同的人生道路，哥哥看著命運不知何時走岔了題，弟弟開始往下墜落，離家、抽菸、喝酒，如陌生人般成為家裡不可說的祕密。然後在某個生命轉角，哥哥赫然從網路上望見弟弟跟他的男性伴侶出遊照片，像是被調換的孩子般，哥哥伸長了手卻無論如何也搆不著那個一點一點消失的弟弟。在屢屢可以充滿戲劇張力的場景裡，所有情感都被妥貼地收納了起來，直到最後冰箱裡那盒被遺忘的巧克力，這麼多年以後，誰也不記得的冰封暗箱裡，哥哥意外撿到了弟弟留給他的隻字片語，在原是哥哥買給弟弟的小零食裡，那個只有他們彼此懂得的暗語，弟弟留下了字條寫道，「哥，我好想你」。但那時整個家都傾頹了，連弟弟也已入土腐朽，只有這溫柔又殘酷的線索，像是早已滅亡的星星，還在黑暗宇宙裡投射著自己最後光亮，經過了這麼漫長的跋涉，終於抵達了哥哥手心。我無時無刻地想到，其實也是傷痕累累的哥哥，那個從不被注意到的哥哥，是否因此獲得了一些救贖。

在這不甚完美的世界裡，那些因為性向、人生際遇、受傷且格格不入的人們，依舊努力地存活下來了。可能正因為這樣的缺陷，他們有了被重新理解、被專注觀看，以及書寫的可能。短篇小說集《我的家在康樂里》，是作者捎給我們的，一則溫柔短訊。

名人推薦

在不同時空穿梭旅行

◎古育仲（台北愛樂音樂總監）

如果說謝鑫佑的《五囝仙偷走的祕密》是一部跌宕起伏、大氣磅礴的交響曲，那他的《我的家在康樂里》就無疑是一部「連篇藝術歌曲集」了。

「連篇歌曲」的妙處在於，每一首歌都有各自的細膩詩情，一曲一世界；但是全部串連起來，又自然成就一部深刻動人的藝術作品。謝鑫佑的《我的家在康樂里》亦是如此。書中的每一個章節，不論篇幅長短，都因為他鉅細靡遺地刻劃出大大小小的細節，而活靈活現地構築出一個個鮮明的小世界；一篇篇讀下來，像是在不同時空之間穿梭旅行似的，各自精采。不過，雖然每一篇小說都迥然相異，卻又都統合在他充滿想像力的文字風格之下，形成一個自成循環的有機體，一旦開始閱讀，就欲罷不能了。

真的欲罷不能，完全停不下來。〈縛〉以虛實交替的華麗意象拼湊出一個扭曲陰鬱又衝突的真相，〈弟弟〉則用平鋪直敘的語調淡淡地說了一個情濃緣淺的家庭故事，〈我的家在康樂里〉非文非白的「時代腔」直接把人帶回了鄉音濃重、情感糾結的老兵世界，〈偷〉當中夾雜各式各樣風格迥異詞彙的對話畫龍點睛般帶來強烈的既視感，〈窗戶〉透過一件微不足道的小事點出「腦補」的滑稽與荒謬，〈電話〉僅僅使用一通電話中來來去去的對談建構出夢境般撲朔迷離的往事，〈自殺〉裡的種種巧合讓主人翁走向狀似美好的暗黑結局，〈蜜毛球〉特殊的敘事角度和獵奇的故事發展讓人讀完心底發毛，〈香菸〉、〈筷子〉、〈下雨〉和三封〈情書〉道出了愛情的晦澀、愉悅、懵懂、傷感、追悔、執著……各種面相，〈AKB48男孩〉、〈餓了〉、〈情人〉這些極短篇更是只用了寥寥數語就讓人毛骨悚然、驚悚不已。每讀完一篇都會教我忍不住好奇，下一篇會是怎麼樣？

現代生活的步調總是緊張又急促，「綽有餘裕」似乎變成了種奢侈。如果可以，希望大家能有耐心靜靜欣賞一整部連篇歌曲，能有時間好好讀完一整本文學作品。這一本文學作品《我的家在康樂里》，推薦給您。

名人推薦

這是冬天來，春天便不遠了的真理

◎謝曉昀（小說家）

他跟我說過一個畫面。

在印刻文藝營結業式最後，繳交作品入圍者一一被喊上台時，看到謝鑫佑頂著半灰白髮的高大身軀，微佝僂著腰桿，置身於眾多刺目的年輕裡。放眼望去，突兀感是盞聚光燈正籠罩在他身上。

文藝營，幾乎全是初始開始寫作的二十出頭。

謝鑫佑很早就開始寫（所以才能收錄到已絕版的明道文藝獎），而中間停頓的時間太長，直到中年才向文壇踏出第一步；這期間累積的閱讀與能量，讓他開始決定仰攻文學獎時，簡直是囊中取物般的獲獎不斷。

我記得很小的時候，我們兄妹一起走路上學，他會跟我說他昨晚做的夢，而其中有一長長夢境，如連續劇般每晚在他進入夢鄉後，開始接續前天晚上的夢境。

他說那個夢特別的不只有連貫性，而真如戲劇播放前，畫面會出現「台北故事」

這四個大字。

夢裡的灰濛天色以及頹敗的老屋瓦舍，在男主角的視野裡非常熟悉，道路沒有盡頭，周邊景色的輪廓，以及男人遇到另一女人，模樣長相、男人的心情轉換、肢體表情，兩人開始產生的劇情發展，他會用縝密且複雜的語言描繪出來。

那個時候，我小二，他小四。

我常常一邊傾聽，一邊在心裡驚歎哥哥竟能用精準描述，將夢境像一個個，完整且精采故事一樣說出來。

很早就顯露出對文字與話語的高度掌控力，這也使他在小學時，亦是演講、朗讀比賽的常勝軍。

謝鑫佑本來就很會寫。

這是我從小就非常明瞭的事，就像冬天來，春天便不遠了那樣的自然真理：而這樣的真理，在此本集結他所有短篇的書中，更加確定了這驚人的創作力。

除了掄下文學大獎的〈縛〉、〈弟弟〉、〈我家住在康樂里〉這三篇風格迥異、筆法殊異地讓人驚豔的作品之外，其他收錄關於他早年發表的許多短篇。

其中由文章裡表露出個人真實情感的〈香菸〉、〈筷子〉、〈下雨〉以及〈情書〉

〈開始與結束〉系列，裡頭貼切且深刻無比地形容，閱讀之際，腎上腺素緩慢升高、眼眶泛淚，簡直像從小說裡伸出雙手，緊緊扼住你的喉頭，無法呼吸喘氣。

> 他看著桌面的筷子，然後拿起來試著用右手控制它，但兩支筆直的烏紅箸就像殘廢的四肢，生硬地擺動著。我留意到因為他使用筷子的方法是我教的，所以他和我一樣用右手的拇、食、中指夾住筷子。一支筷子腹貼著無名指第一指節側面，位置較上方的一支像蹺蹺板地以拇指為支點，運用中指尖與食指腹來控制筷子的動作。（〈筷子〉P.133）

小孩雖然生疏拿筷子，但手指卻努力地捏著，我仔細一瞧，右手的食指生硬地抵著筷子，拇指從筷子腹用力掐著。這是與我完全不同的筷子拿法，我瞧瞧我的手，筷子托在無名指上，拇、食、中指同時捏住筷子，我想起豪爾的手。

小孩的父親挾了燕餃傾身給小孩，我注意到父親托住筷子的中指。是和小孩一樣的筷子拿法。是一樣的拿法。

我輕轉頭發現小孩的母親也用同樣的方法拿筷子，食指、拇指捏住筷子腹，就像拿筆一樣，拿著吃飯用的筷子。我愣住了。

像被提醒了甚麼，我轉頭查看著身周的客人，那些父子、家人、情侶、夫婦他

們都像約定好了一般，大家使用同一種方式拿筷子、夾著菜。我想到豪爾。（〈筷子〉P.138）

比起直面的濃烈情感，這段描繪日常潛移默化的拿筷子習性，也更能望見一情感無際深淵下的波濤洶湧，甚至擴及全家血緣，那後面所賦予的深刻含義，更動容且雋永；也讓人想到海明威寫作，所強調與主張的冰山一角理論：在這段表露得淋漓盡致。

記得曾經夢到自己死去，一個人立在床邊看著父母及妹妹圍著低泣，那種感覺好真實，就像真的發生一樣。然後我夢到我的靈魂陪著辦過喪事後第一次回學校上課的妹妹搭公車。我默默地坐在她的後方，雖然知道她看不見我，但強烈的感覺告訴我，她感覺到我的存在，她感覺得到我就坐在她後面。

這時，她慢慢地回頭，但是她看不見啊。我哭了，濛濛的一雙眼看見她也哭了，流下悲愴的眼淚。那一刻我多麼想大喊，我就在妳面前，妳和爸媽並沒失去我。

當我哭著醒來時，全身顫抖，在冰涼陰暗的房間裏，那種感覺好逼真，就像真的死過一回，而此時此刻醒在床上，不過是死去的我的幻想罷了。

我在黑暗中回想著夢中巨大的悲淒，這是我幾個月來第一次真切地感受到甚

麼，也是幾十年來第一次哭泣。昏昏睡去前，我想起我失去了好多。（〈下雨〉P.145）

哥哥離家的很早。

他獨自生活在大台北城市，一個人在社會打拚、一個人吃飯、一個人工作與寫作，我常常不知道他過得好不好、有沒有吃飽穿暖，只能從難得見到面、那深邃的眼睛傳遞過來的孤獨，以及過早灰白的頭髮感到心疼不已；而他是收納著這樣碩大的孤寂，捎來的卻始終都是好消息：又寫了幾篇小說、出了書、換了更好的工作，以及交了許多好朋友……。哥哥永遠高大勇敢地站在我的前方，同時，也是我心裡最驕傲、最引以為榮的存在與目標。

把最美好的祝福，獻給哥哥謝鑫佑第一本短篇小說集。意義非凡的這一本書。

作者序

行路回首，遍地繁錦燦爛

◎謝鑫佑

決定出版短篇小說集之際，全球正經歷一場巨大的疫情危機，人類以現有智慧無法理解的疾病在各個城市讓生命一律平等地像煙火般擴散、蔓延、綻放、殞落，即便身處受全世界公認最安全的島國上，人人都還是願意以自由換取生存的機會。

常去的咖啡店瘾俬彷佛回到數年前剛開幕時的乏人問津，我在極度安靜的店內一邊翻看過去的稿件，一邊思考該收錄哪些作品。平心而論，回顧這些稿子對我而言有些駭然，細數自己創作至今正好三十年，那是國中二年級的事，我仍清楚記得，啟蒙自己創作之路是一篇名為「地球」的命題作文。

台灣教育系統的作文課往往最被忽略，國小、國中總是老師訂下題目，同學課堂上寫完，下周上課發回的作文簿內便有老師批改的分數，以及一兩句評語，特別優秀的作品通常也會被點名上台朗讀，算是表揚那位同學，也供大家學習仿傚。祇是後續老師有沒有賞析？或接著傳授寫作技巧？我的印象都相當模糊，僅記得每次上課大約十五分鐘後，黑板上便出現這周的作文命題。

題目從國小最常見「我的母親」、「我的父親」、「我的家」、「我的志願」、「我的夢想」等似乎每個小朋友的人生路上都應該得要具備的人事物著手。在當時，我並未察覺這類題目有何不妥，直到多年後回想實在殘忍，為了避免老師額外關注與成為同學問好奇的焦點，每個小朋友從六歲起，就得學著用作文捏造符合社會期待的人生。當然我也不例外。

到了國中，作文命題轉趨制式與乏味，例如得先讀懂古籍才有辦法寫的「論語對我的影響」、「試論出師表」、「蘭亭集序與我」，以及看似能發揮甚麼，但依舊不脫必須寫出符合分數期待的題目「國中生的一天」、「我最想說的一句話」、「如果我是國中老師」等。突然有天，我的國中作文老師出了「地球」這個終於看似沒那麼個人主義的命題時，我將地球擬人寫成一位感情失敗的婦女，她在與人類的婚姻關係中極不快樂，甚至扭曲了心靈。這樣的寫法與內容完全不符合師長期待，原猜想，字數充足，應可以勉強及格，不料竟拿到九十六的高分，老師甚至親自朗讀，並當眾告訴我寫得真好，那年我十三歲。

這一刻，我知道自己身上流著書寫的血液。

台灣疫情暫緩期間，好友五月天石頭約喝咖啡聊了三個多小時，都是關於寫作，最初結識也是因為他對書寫這件事有豐富的經驗與心得。他告訴我，閱讀這本短篇小說集，其中〈縛〉、〈蜜毛球〉、〈眾神航線〉讓他有聆聽Bebop（注：咆勃爵士，以綿密旋律為其風格）的感覺，連續的節拍，源源不絕的樂句，彷彿聆聽Atonality（注：無調性音樂，跳脫傳統音樂調性與和弦）般，沒有邊界，在看似讀了甚麼卻其實甚麼也記不得的情況下，被小說中的主題與氣氛層層包圍。石頭說完，立刻追問我是如何寫出這些讓人驚訝萬分的作品？

與他認識這幾年，我們的對話總是聊創作、聊書寫，他常拿剛寫好的作品跟我分享，而我也樂於與他說說我的感觸。頭一次聽到有人用音樂形容我的小說，令人驚喜，尤其音樂還是這個人的第二語言。後來我找來Bebop與Atonality來聽，才赫然驚覺，自己過去其實很常，也很喜歡聽這兩類音樂，祇是不求甚解，從不知它們名稱。不得而知是否因為如此，我的文字給石頭這類音樂的質感，唯一能回答石頭的是，戲劇大師金士傑曾說，演戲是血液，對我而言寫作亦是如此，這些小說不是「寫」出來，比較像是「流」出來的。

國中二年級知道自己能寫後，我被大人們視為怪胎，成天在筆記本上用蠅頭小字寫著日後難以辨讀的文句，或每隔一、二個月給自己起一個新筆名，彷彿又擁有了面對世界的新身分及勇氣，又或者，將課本文章接續發展寫成另一篇根本不會有讀者的新故事。每日隨時隨地抱著世界各國小說閱讀，總要被喝止，才不甘願放下書本吞兩口飯，然後再趁大人不注意偷偷拿起讀兩頁。也因為如此荒廢，我沒考上高中，車尾掛上鄰海僅八公里的東部學校。五專，成了我這一生最高學歷。

這五年時間，除了第一年懵懵懂懂還在適應平原的多雨與冬季的嚴寒，專二開始，我像參加百貨公司周年慶抽獎活動般，以每年一次的頻率角逐校內或校外徵文比賽。專二拿下新詩首獎、小說佳作，專三散文首獎、專四縣徵文比賽大專組首獎、專五以短篇小說〈電話〉拿下《明道文藝》獎。當時的國文老師陳錚似乎發現我能寫，為了鼓勵持續筆耕，每次祇要拿下獎項她便送我一套辭海，那幾年每逢暑假，我總得設法從遙遠的東部學校將四大本或六大本組成的辭海千里迢迢扛回北部住家。陳老師也破例讓我可以在她的課堂上睡覺，尤其《論語》課，她曾笑著對我說：「創作的人都不愛《論語》，你儘管睡，老師不會當你。」

如同我不曾參加過寫作班（三十二歲那兩年參加全國台灣文學營單純為了想去看看這些課程都在講些甚麼），陳老師不曾教過我寫作，唯一一件稍微相關的事，是她曾對我說過，寫作很像寫毛筆字，漂亮的字，好看歸好看，或許能作招牌看板，但並不是真正的書法。年僅十七歲的我當時根本不明白她的話，祇在心中默默祈禱別再送我辭海。

從國中開始便不客氣霸占全班成績排名倒數第一或第二名的我，專四、專五突然開竅，成天在課堂上看小說、睡覺、吃東西，竟在每次期中期末考拿下全班第一或第二的高分。畢業前主任找我談了是否接受保送二技的機會，雖然喜歡動物，但因為下定決心未來想與文字為伍而婉拒了整個年級祇有兩個名額的難得機會，然後，我的人生就此注定與財富無緣，因為當完兵後，秉持信念祇找記者或編輯的工作，但誰想錄用畜牧獸醫科系畢業的學生？我從一間雜誌社的圖片資料管理職務離職後，再也無法靠近文字相關產業，祇好躲進傳銷公司製作型錄月刊，並憑幾個當時自以為了不起的文學獎項謀取外包撰稿的機會，寫著美食、旅遊等吃喝玩樂與文學毫無關係的稿子。

這些被我稱為「商業稿」的收入一字字計算，雖少，卻得以餬口。那些年，在多數時間與商業稿搏鬥的空檔，我寫下〈鞋子〉、〈給你的情書〉等青澀之作，並幸運獲當時紅極一時的「同位素電子報」之邀駐站，以「戀人／戀物」為核心寫成〈香菸〉、〈筷子〉、〈下雨〉、〈開始〉與〈結束〉等短篇，值得一提是的，當時駐站作家十二人，其中一位是已頗有名氣的紀大偉。

那年我二十三歲，寫作這件事對我而言不帶有任何意義，不為誰寫，也不覺得自己的作品會對任何人有太多影響，畢竟都祇是些不成氣候的小說，看完覺得好看、有些感覺，那就夠了，直到那兩次收到讀者來信，才突然驚覺文字的力量。

當時電子報希望讀者能多與作者互動，我們十二人的電子信箱被附在專欄末端，每次刊出我總能收到數十封讀者來信，多數內容是讚美文章或期待早日看到新作。〈筷子〉與〈下雨〉刊載後，我分別收到一個男同志與一對女同志的感謝信。兩封信都提到感情受挫，身心俱受煎熬，那對女同志甚至預計周末尋短，沒料想讀完專欄，心中竟出現了些甚麼，雖無法描述，卻似乎得以繼續活下去。看完信，我摸不著頭緒，這些短篇小說並非心理勵志文章，也不是愛情教戰手冊，何以讓他們有如此改變？我突然想起陪我度過國小、國中、五專時期的那些書，那些虛構的情節，那些不存在任何時空的人物與他們留在我心中的聲響。

二十六歲那年，《再見了，可魯》掀起動物熱潮，出版社總編趁勢邀請具備獸醫專科的我寫了長篇小說《帶我回家》。十七年前的出版業發展蓬勃，書賣近二萬冊，這是我的第一本書，稱不上文學作品，但銷售佳績也算是給自己一個肯定，加上接案的商業稿品質頗獲好評，那幾年，我絕大多數時間都給了商業稿或正職工作，極少創作，當然，這些理由對真正熱愛創作的人而言根本胡扯，是直到六年後，我才承認當時這些說法祇是給自己逃避文學的藉口。

寫《帶我回家》前兩年，藉著在「自由時報」開音樂專欄，有機會將自己的作品請當時副刊主編，同時也是知名作家的前輩指點。為了不耽誤前輩太多時間，我列印了篇幅極短的作品，一進報社立即呈上，「謝謝老師，請您看過後給學生一些建議，非常謝謝您。」我低著頭害羞說完，便趕緊進會議室與我的主編討論接下來幾個月將寫的專欄內容。會議一結束，我迫不及待聆聽前輩教誨。我永遠記得當我奔回桌邊，看見稿子上斗大五個字的評語時，耳中發出的轟轟鳴聲好像國中時期陪我抱著本子躲在校園樓梯角落胡寫的蟬叫，那五個字寫著「沒有文學性」，那篇作品正是〈窗戶〉。

所以在接下來整整八年時間，我完全荒廢創作，因為我根本不知道甚麼是文學性。非中文科班出身，沒上過寫作班，文學到底是甚麼？我完全不懂，即便自幼嗜讀。暫停創作的時間裏，我依舊閱讀，依舊寫大量商業稿，直到三十二歲那年，覺得再這樣下去不行，便報名參加那年在台南舉辦的全國台灣文學營，想知道到底甚麼是文學。說實話，三天兩夜體驗性質的營隊活動比較像是來認識朋友或朝聖作家風采。課堂內容聊的不外乎國外大師創作史，或介紹幾本國內知名經典，有些講師更以大聊文壇日常作為授課內容，也算是讓這群嚮往文學的年輕學子更能貼近被他們視為神明的偶像。因為實在對這些課程不感興趣，多數時間我都在規劃下了課能去哪邊飽嘗府城美食。

文學營的重頭戲是所有人都需要在第一天繳交事前準備好的作品一篇，第三天結業式前揭曉成績。得獎作品除了集結成冊，更會在雜誌上刊載，大篇幅介紹作者，是相當不錯的文壇新人入門磚，多數懷抱夢想的學員們無不傾力而為。那次我帶去的〈自殺〉沒能摘獎，但〈評審意見〉稍提隻字，已讓我心花怒放，像當年十七歲首次參加校內徵文比賽奪獎時一般高興。接下來一整年，我像是突然懂了十五年前陳錚老師說的毛筆字，陸續完成〈蜜毛球〉、〈弟弟〉、〈眾神航線〉，以及隔年摘下全國台灣文學營創作獎首獎的〈縛〉，〈縛〉甚至被文壇幾位前輩直稱：「如果文學有頂點，這個短篇的文學性幾乎觸頂。」

重新聽到「文學性」這三個字的當下，我愣了許久。隔年，〈弟弟〉獲竹塹文學獎首獎，再隔年〈我的家在康樂里〉獲台北文學獎優等獎。這些作品受人評論皆是文學性極高的作品，但我依然對文學二字凜畏，即便後來被人好奇，或在幾個寫作課上被同學提問，甚至自己詢問自己，甚麼是文學？甚麼是文章的文學性？我依然無法回答。

我曾不祇一次上網查看眾多與我同輩寫作者的背景，赫然發現盡皆中文系所相關畢業，甚至任教，相較下，我這個數十年前畜羊牧牛的獸醫學生顯得格外唐突。也曾想過，或許是自己未受過正規中文教育體系薰陶，以至連文學是甚麼，都無從回答。那陣子，是否該放下工作重返校園研讀中文、台文成為我日夜思慮的事，彷彿那才是理解文學、寫出好作品的大門。一個飄雨的深夜，文壇前輩約了咖啡店閒聊，在聽完我的煩憂後，他語重心長告訴我：「你像一塊未經雕琢閃閃耀人的寶石，捧在手裏，光芒從指縫流出，何其難得。一旦人工刻鑿，便失靈氣，辜負上天賜給你這份禮物了。」

前輩的話讓我不再動念求學，任憑跟了我數十年的寫作這件事自然發展。三十六歲那年完成十數萬字長篇小說《五囝仙偷走的祕密》，四年後這本小說獲衛武營國家藝術文化中心之邀，改編成為第一個國家級自製大戲，於二〇二〇年十二月十一至十三日世界首演。

動筆寫此序時，國際疫情依舊，癮俬因疫情或因房租調漲結束五年半經營，我就近竄入其他咖啡店，卻怎麼也不習慣，常趁歇筆放空時刻踅回去看看那緊閉的藍色鐵捲門，雖然這些舊作皆非在此寫成，卻是後來幾個新作品開始的地方。如同這本短篇小說集，收錄創作三十年來各個階段文風各異的代表作品，如舊似新。若說文學是一條路，這些作品便是沿途撒下的花籽，行路回首，竟已遍地繁錦燦爛。

收錄作品列序

〈電話〉一九九六
〈鞋子〉一九九八
〈寫給你的情書〉一九九九
〈香菸〉二〇〇〇
〈筷子〉二〇〇〇
〈下雨〉二〇〇〇
*〈餓了〉二〇〇〇

*〈外婆〉二〇〇〇

〈開始〉二〇〇一

〈結束〉二〇〇一

〈窗戶〉二〇〇一

〈自殺〉二〇〇九

〈蜜毛球〉二〇〇九

〈弟弟〉二〇〇九

〈縛〉二〇一〇

〈眾神航線〉二〇一〇

〈偷〉二〇一一

〈我的家在康樂里〉二〇一一

*〈AKB48男孩〉不詳

*〈父親節〉二〇一一

*〈巧合〉二〇一一

*〈情人〉二〇一一

*〈畫家〉二〇一一

*〈老作家〉二〇一一

目次

名人推薦

05 束縛與解脫——序《我的家在康樂里》——陳芳明（政治大學台文所講座教授）
09 每一個主人翁都隨身攜帶著幽默與悲劇——黨若洪（畫家）
12 微小的凝視文——詹傑（影像暨舞台劇編劇）
14 在不同時空穿梭旅行——古育仲（台北愛樂音樂總監）
16 這是冬天來，春天便不遠了的真理——謝曉昀（小說家）

作者序

21 行路回首，遍地繁錦燦爛

得獎作品

33 縛（全國台灣文藝營創作獎，首獎，二〇一〇年）
49 弟弟（竹塹文學獎，首獎，二〇一一年）
71 我的家在康樂里（台北文學獎，優等獎，二〇一一年）
89 寫給你的情書（酷兒情書大賞，一九九九年）
93 電話（明道文藝全國學生文學獎，一九九七年）

刊載作品

117 香菸（原載於同位數電子報「一百種戀人／戀物」專欄）
131 筷子（原載於同位數電子報「一百種戀人／戀物」專欄）
141 下雨（原載於同位數電子報「一百種戀人／戀物」專欄）
149 第一封情書——開始（原載於同位數電子報「一百種戀人／戀物」專欄）
155 第二封情書——結束（原載於同位數電子報「一百種戀人／戀物」專欄）

短篇

161 自殺
175 眾神航線
185 窗戶
191 偷
205 鞋子
233 蜜毛球

極短篇

271 父親節
273 AKB48男孩
275 巧合
277 餓了
279 情人
281 外婆
283 畫家
285 老作家

〈縛〉這篇小說讓人想起許多年前莫言的成名短篇〈爆炸〉或朱天文的〈世紀末的華麗〉。

——駱以軍

〈縛〉寫出了這一代少見的篤定與氣勢。

——蘇偉貞

縛

全國台灣文藝營創作獎，首獎，二〇一〇年

幾個月後，在醫師護士高舉著電擊器面對我時，我將會想起當初被緊急送來醫院的那個下午。這已經不知是我第幾次搭乘救護車。對於被塞滿了各種金光閃閃卻異常冰冷的器具伴隨在城市的街道上快速行進，我樂此不疲，幾次還能數著氧氣筒金屬框架隨路面跳動撞擊的響聲計算行經了幾個路口與距離醫院的距離，祇是那個下午，我不僅無法正確說出救護人員的數目，甚至連過去均勻妝點我蒼白膚色的旋轉車頂紅燈也引不起興致，多半祇要像那天下午，車上過去熟悉的一切便與我毫無干係，它們冷酷嚴厲地在一旁板起臉孔，儘管消毒氯水揮發的氣體依舊順沿血液流竄或許通往記憶的小徑，但我知道耳底規律震動的除了是年輕司機賁張肌肉帶領我腐朽靈魂單向奔馳於死亡之河上的顛簸，還有依循鳴笛啟航在陌生雜遝街道中的召喚。好幾次，我悄悄跟在它後頭，意外目睹直接刺破耳膜貫穿腦葉的次數不勝枚舉，像那天下午，我就是在這種的情況下看到兩頭雄鹿緩步踏過路口的。

對於自己能完全屬於主人這個念頭在我腦海出現不下一百次，頻繁而且細膩完整，如同一朵盛夏在二二八紀念公園公廁後盛綻的梔子花頂著酡酵的雪白色；他說我就是渾身一股黏稠稠的騷勁，像一朵雪白濃烈的梔子花，隔著一堵牆，擁有我的主人在牆的世界裏等著我與我稚嫩的靈魂虔誠跪行頂禮，崇高而偉大貌如梵天，他將被我崇拜被我熱情專注地取悅，如同他滿足我。如同半年前他滿足我，那是我第一次到主人家，在巴洛克雕飾的壁鐘前主人深邃充滿意涵地看著我的羞赧，我忘了去數玄關上如緩板煙火炸裂瞬間飛散如星的水族缸中熱帶魚群的總類，甚至連顏色都一不小心與主人瞳孔中混著金絲咖啡色的尊貴混淆了，當然那是絕對迥異於老家蟲咬斑駁幾近碎裂的木頭窗框的咖啡色。但現在主人要我生命圍繞著他，赤裸環繞著神聖之火獻舞，濃烈馬鞭草香氣、乳金色框邊餐桌、細繡曼陀羅銀線枕頭繞著我，那個時間裏，還有主人目光與他未帶手表戒指的純潔雙手。我的頸子是梔子花織成的，多麼奇異、多麼美麗，主人緩緩為它戴上的形容詞、動詞，及最珍貴的副詞，那一瞬間我被領航靠岸，華麗而細瑣地在靈魂流經處叨叨細語，與寵物用品店中輕拍牆面便叮叮作響急促跳動的狗用項圈同款的呵護疼愛。最後一釐米的遲疑瓦解，淚腺捨棄的童年被喚回現場，我們共同在爬滿礦石光澤紋飾的奢靡大理石地板上舔食主人傾瀉的皮蛋瘦肉粥。像一條騷勁黏稠的狗，微熱並心存感激。

那些多年以後才逐漸拼湊對於邁入七十多歲的我是如何思及十幾歲的自己。記事的字跡模糊，我看著塑膠板凳纖細孱弱的四隻腳陷進捲翹泛黃的書封皮內，扭曲著過去母親為這個家筆記的點滴，那是個背叛丈夫兒子的女人。父親的巨足讓椅腳深深插入文明與理智中，向上一蹬，皺眉咬牙吸氣引頸拉背挺腰夾臀繃腿踮腳，雄威勃勃朝希望與未來的光輝靠近。年幼的我緊貼著塑膠板凳，雙膝長跪，戒懼怯怯牢抓椅腳與唯一的血脈依靠，冒汗抿唇憋氣縮脖弓背凹肚提肛折膝拐踝，一粒地板上自室外帶進屋內的柏油黑石礫深深陷入稚嫩與無知中，像為了不留下指紋用聖經夾著匕首緩慢而優雅刺進對方體內，特別是情人親人，痛楚格外能輕盈靈巧地由下半身順沿背脊蜿蜒而上，愉悅抵達腦皮質釋放。毛細孔夏季特有的氣味，混著自胃底陣陣上攀滿溢的晚餐酸味，公豬幼時未經閹割熟成後的肉臭讓皮蛋在粥內飄散一股嚥下肚後飽嗝足以抑澀喉頭的酸氣。我壓制著隨即可能噴湧的叛逆，些許自鼻腔氾濫的腐敗已讓我明白嘔吐與瘋狂都並不如想像困難。然後，我了解在耶路撒冷跪足昂首的禱告的意義，那是兩個在黑夜中黝亮飽滿的睪丸。光輝的希望與未來被父親巨大雄壯的身體遮掩，在胸腔逐漸充滿男性荷爾蒙時，我意識自己正驚懼並貪婪地讓混融父親與自己的男性的氣味悄悄竊竊流進肺部。被周圍光線包圍，在父親成為為世界帶來光亮的第二位上帝前，讓猶太人用小圓帽遮蓋象徵謙卑的頭頂正被暗如墨色的父之陰影籠罩。黎明前我仰望寬鬆的四角褲襠中模糊、多毛、巨大、黑暗、威嚴、支配一切，如同發情公獸的生殖腺分泌氣味。我想起一粒半剖的皮蛋。

其實我醒來的時候並未留意時間，客運司機頭上的電子鐘在窗外天色半暮時便顯示著長時間行駛後窗色轉黑如鏡卻依舊不變的十時四十二分。也許就像多年後搭乘這輛航線向北的客運依舊踟躕在披掛星淚的斗篷下，飛行的速度被耽擱延遲。腥血色由點至線漫入車內，車頂走道窗面椅背，與暗湧著相同色系怦然跳動的體液的手頸臉頭。那指引了通往極樂的北方，的確是我逃離南方後每回自故鄉返往自己獨居的城市中路程上才有的期待。愉悅。每一個紅點緊接著下一個紅點，有時他們歸心似箭，在黑暗中劃開一道迅速切換南部與北部、父親與兒子的光豔阻隔；有時卻在我身周逐漸靜下並漫開成汙泥塘中的漣漪，與座位上方數個盎自燃燒著光的小電視機在黑暗中無聲擴散跳動。我年輕興奮的呼吸在這之中遊走，踏著紅色光點，我確知在每一次乍醒的短暫時刻，那個立於身旁走道上俯視我熟睡的年邁的自己將一瞬間消失。空間停止膨脹，玻璃前自己聚縮成一個方糖大小的凝視，被拆解成粉末後緩慢上升漂浮的意志在靜止的車廂中穿越窗玻璃。黑夜的遠方，廢棄工廠定格在藏著祕密的過去，那些曾經輝煌的時間刻度上。量杯中墨汁色的範圍以穩定的速度攀爬。鏽蝕的鐵柵門撐開齲齒嚴重的黃斑色，遠遠飄來的鏽金屬味道與血液精液同屬於逐漸步向毀滅與死亡的系譜。我看著被棄置的鋼色流理台、報銷的速克達機車、斷裂的木質五斗櫃幾近被野草淹沒地以彼此熟識卻早已厭倦的姿態散置於工廠大樓周邊。瞪視的一刻，性愛便開始了。額頭抵著窗玻璃印上靈魂的溫度，細看之下發現，那些早已失去意義的停留之中，有兩頭雄鹿靜靜坐臥於荒蕪之上，其一昂首挺立、其一顧盼自雄。車陣如同為他們而凝結靜止，水晶光澤的四只黑眼珠引著昏沉剛醒的我成為一場能讓他們自由進出的夢。就像我多年後回想起自己年輕時所見的雄鹿，流傾著礦石紋路的琥珀色毛披，隨風輕緩自梳，細微茸毛以接近肉眼無法辨識的頻率謹慎顫動。我看著圍繞兩頭雄鹿起舞的動物，黑暗裏他們是宴會廳中低懸的水晶燈上反射的貴族，蒼老而多疑的白毛長臂猿拉著的孟加拉虎早已失去活著的動力，恐懼落在臉上留下坑洞，某一天貓頭鷹將在幾秒鐘內藉著閱讀聖經明白貪婪是巨象永無止境的教徒，是的，熊仍然歧視那些順序被厭惡地展開像投射燈下的琴譜，而在背後極端數著舞步拍子確實讓暹邏貓每一根毛倒刷空氣懸浮的寂寞，當他們的足尖因快速旋舞而瘋狂時，阿拉伯馬飛奔的蹄印讓我確定極樂向北的途中，我看見兩頭雄鹿的孤獨顯露破綻，就像多年後的我在生命即將步上終點的救護車窗外看見的，那是永遠存在、無法遏止的衰亡。

那也許是主人給我的第一件禮物，當時稚嫩的自己想起數十年後早已老朽腐臭的我躺在病床上回憶起這件禮物恐怕也會為曾經歷的一切美好微笑致意。那件白色絲質內褲。蛋糕上結婚人偶在陽光下曝晒著。透過反射自雪白窗框的陽光，內褲內側龜頭位置結晶著茶黃色。我顫慄起來，謹慎地緩慢嗅聞著包覆著內褲周邊的神聖，主人在我主動的引導下一點一點優雅進入並充滿我，那些濃烈腥臭華麗而甘美。禮物在主人面前緊緊包覆住我與我的靈魂，陰莖因思索著將初會並緊密貼合眼前偉大尊貴的崇高者的繁殖力量而迅速膨脹，然後在靈魂之外讓禮物緊緊包覆。主人拿來寬版透明膠帶將內褲牢纏黏貼我身上，同時清晰悅耳叮囑他的託付，我明白完成一周內禁止排糞與射精將會獲得如何的嘉許與讚賞。顫動著勃起的陰莖，主人面前我滲出了尿液水墨畫般潑濺渲染。陽光下水珠有著純然剔透的晶瑩，蒸發前格外鮮美，如同愉虐前的鮮美尤其出乎意料。當榮耀降臨，體內澎湃的除了為他瘋狂流竄的血液，還有純粹而潔淨的愉悅，那些逐漸卻瞬間脹滿並填塞我的心靈的種種對他的崇敬與迷戀，在主人用扣在我頸上的金屬圈鍊拉扯的同時，未來的道路展開，而遠處鷺鷥鳥撕裂空氣緩速飛翔的聲響與我雙膝跪行地面摩擦的窸窣聲疊譜出重奏，聽，看光芒如何每秒變得更加光亮，我並且歡喜落淚。

就在父親發現我用他皮夾中的五張碧綠色百元大鈔買回巷口文具店那一整冊蓋滿郵戳的各國郵票時，經濟正以泡沫崩裂的速度瓦解最後一點理性。印有荷蘭阿姆斯特丹運河、印度泰姬瑪哈陵天際線、美國大峽谷水沫的圖樣紙片以交錯重疊卻彼此各自精采的風貌重現我家蒼白的地磚上。父親無法理解美景的姿態，如同母親跟著陌生男人的腳步離去後，他日漸混亂纏結的身線。海德四色油墨印刷機輪軸的橡膠味自舌間擴散，鼻腔漆上金屬光澤的染料，我的上顎貼著澳洲雪梨白磚色的冷冽，齒齦間刮撓過大陸北京天壇殿頂的藍色琉璃瓦，父親讓各國風情進入我原本僅供飲食等基本功能的口腔，他挺直自己身體的一部分，在撬開緊咬齒牙的瞬間深深插入，他的手指伴著埃及尼羅河畔金字塔旁的人面獅身獸與美國紐約曼哈頓外小島上的自由女神飛快旋舞，攪和著我的舌尖的還有父親指甲縫中深深卡進並永遠無法清除的計程車方向盤橡皮包套的黑色汙垢。接著，河口漲潮，層層疊疊湧進的水面上漂浮著幾十年後自己死亡前乾朽的軀殼。我看著傳統日曆紙上寫著鹿頭牌膠帶印贈的字卡，任憑父親將日曆紙塞進我體內，混著劃破口腔黏膜的腥血味，父親抽插間，歲月變得美味易於下肚。一日一日吃進未來的時間，一路到年底。在父親硬挺腰桿衝刺並將全部一次充塞我的腔室的高潮時刻，嘴角撐起了血跡斑斑的微笑，大口喘息的鼻腔湧進燒煮皮蛋瘦肉粥乾鍋的碳焦臭味，那是父親與我的晚餐。

後來在不少生命的斷裂點上，勾著繡線的銀針總是適時縫補缺漏的罅隙，那些自己被磨損輾壓後幾乎脆薄如紙的意識，在飄散消毒水與粉末藥物瀰漫空氣的喪綠色床單上格外清晰，並且對著門外整理衣釦與鞋帶的我眨了代表默契的單眼。我們就是這樣回到那個地方的。乘坐的車輛蒸騰著橡膠燒黏的惡臭，大門彷彿由兩隻人類瞳孔無法朗讀的鬼魅把守，在那之後竟然飄出雪白有如極地的歌曲。就在輪軸滾過副詞與切分音，班長為了這次校外教學特地綁上的三叉麻花辮子問號一般在我眼前漂浮，多年後仍記不起名字的鄰座女生手中的爆米花像優雅墜落的粉色吉野櫻繽紛整座動物園。那個地方緩緩凝結成等著最後一刻到來的樣子。我嗅到與夢境中相同的氣味，卻如同數十年後無法觸碰任何能察覺的生命形式，亮得難以睜開眼。海岸沿線漫長等待著天明，初亮的晨光由浪掬捧著小心翼翼送至沙邊，在濺了一地同時我發現喧囂的遊園車一點聲音也沒有，光線與雪花順窗框穿透玻璃到眼前，我想像有意義並熟悉的旋律會突然讓腎上腺放鬆，衹是夢似乎收縮、擴張，像無聲的時鐘發條。然後救護車的門被拉開，我壓住代表青春與生命的橘色帽子，在探出陰道的瞬間，瞇著眼遠望兩頭雄鹿在光芒中挺著繁盛的角佇於石上。那是記憶的時刻。

母親離開前留下一個提鍋的皮蛋瘦肉粥，是我與父親從未留意的。他不曾質疑過自己的女人是為何或如何以她選擇的方式消失，包括一周後他在上學途中輕輕提起我的手，並溫柔說要帶我去死。那些在輪胎高速下粉碎的不祇是中途意外掉落的行李，還有父親毛茸茸的卵蛋及他零碼的理性。他踩著日出後漸熱的折射，深深將黑油亮垢的長指甲掐進我右手腕中勃然跳動的疑惑與焦慮。鵝黃的平行線不曾交會，用暗影串起數十年後自己也無從理解的過去與未來，破碎的時間，在南北之間奔竄。我背起被詛咒的童年放聲大哭，那些在多年後被回想起絞碎自己柔軟頭顱並讓體液順沿輪胎溝痕滿溢的是父親，他曾經創造了我，在教室中，我不明白自己是否應順著原路返回溫暖的子宮，太陽下山時的斜晒光線片段折落在鏡前，而我們似乎走了好幾個小時。當打開手提鍋時，早已腐敗酸壞的惡臭從鍋中湧出，但去哪裏？我不記得了。

原來內褲的壽命祇有一周，就像我的感知在雪白梔子花瓣滾上黃邊的同時變得稀薄透明。隔著磚牆漫溢窗框的濃稠香氣混拌了我如糞的呼氣聲與強烈榮譽，主人聖潔的靈魂光芒讓白皙無瑕的花朵感到羞赧，人們試著進入公園廁所中告解與祈禱，在旋轉繽紛的曼陀羅中我晃顫著身體排泄與射精。我不再需要一個房間。魚群洄游轉身再次以左側滑行過山脈的稜線，他們好奇著大雨過後露水在彼岸花蕊上停留的時間，而大口吸著的糞氣讓雙眼滾動速度加快，主人讓我穿上牛仔褲並將褲管扎入長襪時，誠實與驕傲由大腿內側溢出在即將結束的生命上我逐漸緩慢的呼吸起伏。那是最合適的時間，用來打開一扇救護車的門。他牽著我搭上城市地底最後的班次，一些金屬隨列車跳動撞擊的聲響牢牢繫住彼此的時間，我想起帶走母親的男人粗暴插入自己身體時口腔湧出的腥血味及父親曾丟在我頭上的一首詩，也許我不應該繼續重複我一直以來對歡愉的說法，而幾個月後，車廂上的眾人將發現自己曾環繞著我們，以扭動著古老祭典的繁複足步在神聖之圈行進的時光中快速後退旋轉，他們捏起鼻搧著手，搖晃回憶，像舞蹈一樣不約而同的姿勢，圍繞歌頌著我與主人，就像圍繞兩頭優雅華麗的雄鹿。

二〇一〇年七月十四日

強光閃射的文字——評〈縛〉

駱以軍

〈縛〉這篇小說展示的恐怖視覺讓人讀完短短三千字，眼睛卻如逼視強光體疲憊不已，高畫素的意象構句如灑豆成兵，著火鴉群。妖豔藤蔓竄走感與科幻片的冷金屬構圖，奇異的吮合錯置。

讓人想起許多年前莫言的成名短篇〈爆炸〉或朱天文的〈世紀末的華麗〉。這當然是以重裝甲文字騎兵強襲衝撞，PK拿下這個獎。我對竟在文學營的文學獎（而非高額獎金的大報大賞）讀到這樣等級的文字，凜畏有感慨。

這樣的文字，能拉扯我們對視覺幻像的六條小肌肉，可比穿透再穿透，細部放大再放大，將一種暴力化、動物性，「父之罪」的惡德陰鬱，離開家族遊戲的棋譜，成為用天文望遠鏡觀看遙遠星體的，強光本身。

實則另兩篇佳構〈快門〉與〈霧氣一瞬〉，在一靜置照片因時間刻度故障而停止在難以言喻，詛咒的一刻，以小說作為一種時光幻術之技藝言，以一種非技藝之感傷惘然，淡淡的傷害蠟像館，其實皆該是首獎之作，但實在是強碰了〈縛〉這樣的羅西級「頭髮皆發光」的天才，也是慘烈而榮耀。

少見的篤定與氣勢——評〈縛〉

蘇偉貞

這真是一次奇特的閱讀經驗，〈縛〉寫出了垂死者贖罪的姿態。這篇小說狀寫母親離家後亂倫性侵種種變形態之告解：以長跪頂禮的姿態向挺直在面前如埃及尼羅河畔的金字塔人面獅身獸、北京藍色琉璃瓦天壇殿頂、紐約曼哈頓小島上自由女神……那難以翻越的陽具象徵。核心卻在作者藉編織並超脫真實事件架構神性圖騰紋理的比擬手法，讓那些傷害過敘述者的人們，同樣圍繞優雅華麗的雄鹿，以古老祭典舞步歌頌且「搖晃回憶」，以儀式姿態，使得整篇小說看來竟有了動人深刻的寬容，而這份寬容是以舒緩從容的敘述展開的，這也使得作者跨越同類題材沉淪耽溺怨懟自憐被寫疲了的困局。

而我同時關心的是作者在埋藏記憶舍利子的地宮設置的逃逸路線圖，那是一張偷錢買來的蓋滿郵戳的各國郵票想像出的逃逸路線：荷蘭阿姆斯特丹運河、印度泰姬瑪哈陵天際線、美國大峽谷……，在人生一次次以記憶傷害形成的搭乘救護車奔馳於死亡的顛簸行程中，而望見兩頭雄鹿緩步踏過路口「靜靜坐臥於荒蕪之上」。路線結束。

作者有著不凡的想像力、節奏感、文字基本功，處理這類題材有時連有經驗的作者也會以虛寫實，但〈縛〉參差比擬的手法，這很不容易，真是寫出了這一代少見的篤定與氣勢。

二〇一〇全國台灣文藝營創作獎首獎得獎感言

二〇〇三年九月我躺在病床上聽見醫師對父母說，摘除手術順利完成，由於嗎啡作用，再次昏睡前我仍未想起自己為何住院。幾個月後我恢復健康，並考進一間大公司，新工作很忙、工時很長，每天中午同事吆喝一起上街覓食的笑鬧聲經常在前一晚入睡前被自己期待著，而我依舊未能想起當初住院的原因。幾年過去，除了體重腰圍稍稍改變，其餘如同往昔，我下班仍舊刻意繞路避開醫院，直到去年冬天為了照顧友人我再次踏進醫院。冰冷嗆鼻的空氣讓人想起七年前的手術，當初為何住院？被摘除了甚麼？遺失甚麼？我始終不復記憶。就在冬日深夜我穿梭迷宮般深邃幽暗的醫院走廊尋找便利店果腹，失足踩進地下室無人的密室發現，偌大空曠地底昏暗慘綠日光燈中大量駭人可怖的器官被棄置於此。摘除手術順利完成。我急奔向前，乾枯黏稠的血跡在腳底發出濃膩綿密的細語，一顆皺縮暗紅色心臟滾至鞋邊又彈開。倉皇中我認出那對翅膀如此熟悉，那是某種羽族死亡後殘遺的氣味。我慌亂跪下，笨拙著想撫順糾結粗糙的翅羽，在深夜無人的地底痛哭。

謝謝蔣勳老師、陳芳明老師、黃春明老師、陳克華老師、舒國治老師、駱以軍老師、陳雪老師、劉伯樂老師、許悔之老師、許佑生老師、炮輝、珊珊、麗群、曉昀、逸帆、宏鎰，雖然你們可能尚未察覺自己照亮了甚麼。並謝謝我的父母。

〈弟弟〉這篇作品贏得我們三位評審不約而同的首獎贊同票。

——孫德宜

弟弟

竹塹文學獎，首獎，二〇一一年

國小三年級時，街坊都知道母親熱衷帶我去竹蓮街算命，我喜歡坐在母親身邊看她故作神祕，將寫有我生日時辰的紙張，雙手奉給頭皮油亮、鼻樑懸架著印滿指紋黑膠鏡框的算命仙。

這條每逢初一、十五便湧進竹蓮寺信眾，在一張張緊遮著天光的鐵棚下駢肩雜遝起鹹汗味、燃香味、油燭味、麻糬湯煮了整日甜膩味的街市上，無論僅剩稀疏白髮勻鋪頭頂以髮油服貼的鐵口直斷，或後腦勺懸著渾圓髮髻像饅頭的神算仙姑，每位仙仔無不在看過八字後掐指拈眉篤定說：「羊陀火鈴陷地兄弟宮，這孩子沒有兄弟姊妹。」

每當此時，母親會咧開比這算命攤子附近各種氣味交疊雜混，更加濃稠難化的笑容，一邊將我的紙自對方手中抽回折進口袋，一邊微揚起下巴，將寫有弟弟生辰的紅紙謹慎於桌燈輝煌照映的桌面正中央鋪上。雖然接下來，每次總想細聽語氣飛揚的母親究竟與算命仙交換了甚麼，但喧鬧的街市，早讓我泛起耳鳴，在渾渾噩噩中忘了自己是誰。

弟弟很聰明，美勞尤其在行，國小一年級的他竟將老師要我帶回家的梵谷、雷諾瓦、莫內、畢卡索畫作卡片，分門別類。我指著地上鮮豔狂妄的向日葵及迷惑炫目的星空，問他知不知是誰畫的？為何將他們歸作同類？弟弟祇聳聳肩：「這是同一個畫家啊，我就是知道。」

弟弟快畢業前的繪畫已成為師生無人不知曉的校園榮耀，每天下午四點放學回家推開玄關紗門前，總能看見巷內牆上映著大片金光，那是弟弟抱回省縣繪畫比賽的獎盃獎狀在夕陽下反射的光芒；每次穿過這陣光輝，我總被漂浮在光線中的懸塵吸住目光，一家四口居住骯髒潮溼的小巷瞬間變得溫暖安靜，萬物在斜陽西照下，動作逐漸變慢，直至完全靜止。

老一輩鄰居說，明治時期竹蓮國小附近散布於水田間的，全是一座座入夜後飄忽磷火歪傾破落的墳頭。

他們說枕頭山至巡司埔附近的塚墓與水田，被居住在這裏的人們用一種特殊的圖形標誌於地圖上，祇是圖形太過相似，以至後人踏入客雅庄、溪仔尾、枕頭山腳時，經常分不清那些被磷光環照的面孔。

有天午後弟弟跑來我教室興奮拉我去到教務處。兩個黑西裝男人與一位淺紫套裝的女人對著校長、教務主任頻頻點頭。我跟弟弟趴上窗框怔頭怔腦往裏瞧。

「這三幅我們都很喜歡，校長，你覺得呢？」

「院長能來學校挑畫，是我們的榮幸。」

弟弟指著眾人圍繞的三幅畫，喜孜孜衝著我笑：「哥，我的畫。」

三幅油畫尺寸懸殊豎立教務處地面桌上，朝上生長如同竹林中一窩窩相依而生卻不知終將被砍挖的筍，在大雨後萌芽竄生。

我撐著壓迫窗框發疼的肘臂努力將頭探深，弟弟三幅畫作中最大有一個成人的高度，才瞄一眼我便認出那是十八尖山公園寶山路的登山步道。

年初父母親帶著我與弟弟到公園寫生，我選了另一頭的變葉木步道做主題，弟弟則選了登山道入口。這是日治時代為了紀念昭和天皇登基而建的森林公園，換句話說，這是個歷時一百多年的公園。當時名為虎頭山，是天皇恩澤百姓的建設。全園蓄藏了十八個峰頭，金山面山，繞行一周約七、八公里，樹影扶疏、茂林青翠，是皇民們新生活運動的項目之一。

昭和天皇直至八十七歲逝世，是至目前最長壽的天皇，一九八九年後，這座陪他登基的虎頭山開始流傳一種長壽的說法，據說東北方步道入山，逆時復行一周，能舒筋活骨；十周，能駐顏回春；百周，能還童反老；千周，能逆死轉生。弟弟畫的正是這個山道的入口。

畫中彷彿想捕捉形體，卻又看濁了未來，大量混染的層疊塗抹勾勒出弟弟自己深藍黝黑的背影，緩緩走入山內。可能因為油彩的關係，弟弟畫作中的大雨顯得格外憂傷。中尺寸的油畫則是畫了一位趴伏在地，向觀音媽擲筒求籤的老婦，老婦虔敬叩首，額面緊貼地面，蒼蒼白髮自耳側垂下，幾雙光鮮亮麗的腿交織畫面上，看得出香火鼎盛中，老婦緊捧著小心願的卑微與惶恐。最小的祇有雜誌開本大小，畫了一塊刻有觀世音菩薩像的石碑。

這三幅畫筆觸老練、祇用藍黑色。

我吃驚望著極其成熟的畫作，轉頭看去，咧嘴而笑似乎想與我分享榮耀的弟弟，突然陌生人般，在我面前的空氣中凝結了一抹未來如何也無法理解的笑臉。

晚餐桌上弟弟向全家公布這項喜訊，來學校挑畫布置的署立醫院三幅全選中了弟弟的畫作，他興高采烈描述選畫過程，我在一旁靜靜看著父母既驚又喜的雀躍化成一口口甜美米飯，咀嚼後奔放彈跳於舌尖的讚美與褒獎。

託弟弟的福，隔晚父親帶我們去香雞城飽餐過去祇有生日兒童節才能全家分食一隻的手扒雞。那晚父親很高興，點餐時將弟弟摟近腿邊，笑仰著下巴對服務人員說：「我後生，伊个畫予病院選去展覽，後日是大畫家，今仔日咱欲叫兩隻烘雞。」

也因此，父母並未讓弟弟嚴格遵守升學就業這些中規中矩的人生守則要項，反而是我被嚴厲督促按部就班：國中高中甚至未來大學畢業後，就業結婚生子。

高三準備大學聯考的好幾個深夜，我在暈橘環繞的光芒中瞥見弟弟躡手躡腳返家，無聲無息進房，滑入棉被中。雖然父母在他高職後即不再干預他的回家時間，但每日見他早餐匆匆用畢離家，直至午夜才悄然回來，問了父母，卻僅得到兩老滿足撐開漸深額紋魚尾線條：「恁小弟伊啊，一定是佇咧無閒新个畫。」

聯考結束的周六中午，母親興沖沖切了高麗菜韭黃包水餃，拌開豬腿絞肉的香氣瀰漫我們藏居陋巷的老公寓一樓。父親仍如幼時印象，白著雙手面頰擀碾水餃麵皮。夏季綿密擾人的蟬音，裹著瓦斯爐上咕嚕滾沸的煮水聲，一併被我用舀餡的湯匙填塞進餃子皮內，連同母親被我提問為何弟弟不在家吃水餃後，勉強淺露出努力要自己放心的微笑，悉數下鍋煮熟。

當我坐在父母對面，身邊空著弟弟座位，一口咬下睽違幾年全家齊力包出的餃子時，我突然察覺這個家開始慢慢學會習慣祇有三個人的生活。

順利考上住家附近的交通大學後，我總下了課趕回家陪父母晚餐，沒有額外社團活動，祇希望將法學系課程順利修習完成。弟弟在外縣市私立專校附近租屋，展開他的二專生涯。幼時與他共用的臥室，成了一個人自在無拘束的空間，他的床依然置於那張與我的達新牌彼此僅靠的書桌旁，母親每月月初便將無人睡臥的床單被套卸下洗淨晒乾，再仔細裝回。

大二寒假前某個深夜，我如同以往窩入書桌暗黃燈光裏，在新興電腦網路的時代中，好奇探索著似乎將改變未來的爆炸資訊。突然，我意外發現弟弟自製的個人網頁，及我與父母未曾了解過的他的生活。

弟弟與男友的親密合照在微亮的螢幕上快速翻轉，那些陌生的國度，尼泊爾、緬甸、北海道、香港、紐西蘭，就像早期卡拉伴唱帶中，搖著薄紗故作矜持的濃妝女郎身後事不關己的背景，讓從未出國的自己詫異著弟弟這些年竟走過如許國家。

飽覽著未曾見過的異國美景，我同時驚訝弟弟的模樣已不再熟悉，一幀幀照片中摟擁著男性的弟弟，已非我能理解。

這應也是未出過國的雙親所未知的罷。

我突然想起去年夏天，竹蓮市場落成啟用，挑高的兩層建築上下能容納一百多攤店家，三十多年來雜遝於整條竹蓮街的攤販，陸續遷入那棟冷氣大樓，過去混膩著素料油炸味、湯圓甜糖味、線香檀木味、衣衫汗鹹味的鐵棚攤販，也許將通通沾上一層冷氣房內才有的乾臭腩味。

老一輩鄰居們似乎在遙遠的過去，曾試圖用他們殘存的記憶拼湊關於這個古城的輪廓。日治時代環繞寺廟而生的聚落，農商業自此沿塹城磚城出南門後，經竹蓮寺往西南便通香山，若往南則抵金山面、雙溪、寶山與峨嵋。爾後又因鐵道以東無市販，為節省繞行前往南門或西門採辦的不便，自耕農肩挑農作至此兜售，攤販們蔓過竹蓮街，妝點起南大路五光十色的扮相，每逢初一十五人車接踵絡繹，宛如另一個世界。

寒假第二個周日父母氣急敗壞返家，我被震怒摔門聲嚇得趕至客廳查看。父親爆著青筋扔下外套進臥室，母親一見我便奔上緊擁。

「你爸他用菸灰缸把弟弟的頭砸破了。」

母親在懷裏抽泣，像找人哭訴委屈的孩子，顫抖著雙肩不敢抬頭。

我撫著她汗溼凌亂的頭髮，驚訝白絲不知覺間漫爬於這名每日見面，卻因痛哭而讓我陌生驚懼的老婦頭頂。母親告訴我她與父親帶了水果首次前去弟弟住所，進門便見滿是菸蒂的菸灰缸與啤酒空罐置於桌上。菸酒不沾的父親當場震怒，擎起菸灰缸朝弟弟扔去。

金屬菸灰缸在他額頭發生巨響，混著菸灰焚燼，連結父子關係的血緩緩劃開父子關係，親緣牽纏、世代傳襲在菸蒂自弟弟髮間墜落同時一一剝落崩解。

母親提著新鮮初採草莓，隨後踉蹌追趕憤怒離去的父親。

自此，我們仨不再提弟弟。

或者說，祇有農曆過年才會回家的弟弟，不再是父親母親與我過去熟稔那個繪畫筆尖描繪榮耀家族、神采飛揚的男孩；雖然依舊潮溼汙穢的住屋窄巷對牆，仍於午後映著弟弟獎狀獎盃大片金光。

畢業前一年，父母介紹我認識了鄰居的女兒，同樣大學三年級的她文靜甜美，有空便常來家裏陪父母坐在脫漆斑駁的藤椅上看幾近無聲的電視新聞。

父母幾年前認清早已失靈的聽覺是生命必經的悵然後，散發腐木味櫃中的電視，便開始改以喃語的聲調自言自語。

這些日子，我們如同壓根沒有這個弟弟，雖然每逢過年他總拎著三五袋如豐收穀果盛滿竹簍的購物袋回家，父母也同往常環繞他像領取耶誕老人禮物的孩童；祇是彼此間溝隔巨大陌生而且疏離的韌膜，並非弟弟摟抱父母嚷著：「媽咪，我好愛你喔。」所能消弭劃破。

是不是每年祇有此時，日漸老朽圮壞的雙親才將憶起與眼前男子那些早已稀薄淡然彼此間原有的關聯性？

是不是那些飄蕩在水田與古老墳頭上的亡魂，幾百年後依然禁錮於此看護著塹城的變遷？

好幾次看著前一刻熱情於餐桌上笑談生活點滴的弟弟，在關上大門轉身離家時，垂首冷漠的神情，有如離去後將不再返家令我寒心。

我總在幫母親收拾餐桌後，回房獨自深刻承受這每一次年夜飯結束，弟弟匆忙離去堆築起不僅遙不可及，甚或難以窺探的高牆。

而好幾次父親在弟弟甫離去便急忙打開贈留的餅乾食用，迴響於空盪無聲客廳的喀滋聲，更像驀然自系譜中浸潤蔓生的悲劇，等回神驚覺已經太遲。

大學畢業後我開始忙於事業與戀情，無論如何總趕著回家同父母共進晚餐的自律，除是身為兄長的堅持，更因為先前某個深夜無意聽見母親對父親感嘆：「遮囝仔，有敢若無，轉來當做抾著。」直到一年後結婚，我才結束長達三十四年與父母同居生活的滿足及依賴。

婚宴在後車站辦了一桌，上午法院簡易庭公證後，妻便一直安靜低頭跟在身邊。

席間親友、老同僚鬧著輪番向父親敬酒，好些年不見，父親那天黃湯下肚叨叨絮絮嚷些甚麼無人聽清，祇見他一杯接過一杯，母親則在旁勸眾人留些情面給新人，並照料父親兩回前往廁所嘔吐清潔。

當父親第三次作嘔，叫喊著無醉時，我起身接手母親的工作，扛了父親搖晃的身軀慢慢拖揣進廁所。

他低頭緊扣餐廳馬桶座緣，宛如極欲奮力激烈嘔出腸胃食道及過去種種不堪、回憶。我看著父親頸項爆凸青筋，紅漲膚色在灰白摻雜的枯髮下格外醒目，倒插汙糞桶盆中活像公園池中兀立的紅白荷花。

就在我轉身走出廁所避開父親規律劇烈的作嘔聲時，驚訝發現弟弟佇於牆角出神凝視著婚宴廳。

他沒發現我。

突然驚覺，一年疏離的時間竟讓手足忘卻了血脈緊密相繫同生共養的外貌形態；若非弟弟專注盯瞧廳內，我恐怕沒有機會如此充裕、好整以暇注視我的弟弟。

弟弟與最後一次所見差異懸殊，旁分的頭髮削成軍職平頭、褲短圓衫改為花稍領帶雪白襯衫，唇上下巴多了鬚渣。記憶中未曾近視的他推了推也許裝飾用的眼鏡，彷彿尋找甚麼，急切望著大廳，目光流轉四下搜查。

「你在這喔。」

父親搖搖晃晃朝我一喊，便鬆軟溼熱癱在地上。我忙著扶住父親，未留意弟弟何時離開。

幾年後不斷在腦中浮現，是弟弟殷殷切切望進宴廳的神情，像國小上學途中，我故意躲藏路島上栽種的杜鵑花叢中，他遺失我時焦慮惶恐的模樣教人心疼。

婚後我與妻住到兩條街外的新大樓，每天祇要沒加班，下班後便繞去父母家走探，邁入耳順的雙親相依獨住於過去孩提時我與弟弟嬉鬧的舊公寓。每次回去總覺四周景致又陳舊了些，即便昨天才回家過。

政府舊宅翻新的案子懸而未決，幼時母親種植門前的桂花樹枯死後也沒再想改種甚麼，任其枝態萎槁、土被乾黃；祇是開門進屋前我依舊側了側身子，如同往昔避開迎面掃來的桂枝香氣。

許多記憶中的事物像在漸濃的霧裏，愈來愈模糊，像每次在路燈下離開的弟弟，離這個家愈來愈遠。我疲於追趕，盡可能下班後探視父母親，並以為自己能在永遠獨缺弟弟且眼睜睜看著持續不斷拗折離析的關係中改變甚麼。

像為了補足某些缺憾，那年我報名了十八尖山公園的解說員培訓，熟悉的步道、夾木、石亭、登山入口，一群在地人尾著培訓員繞探了幾回公園，才驚訝發現原來裏頭藏了許多過去不曾聽聞的祕密，那一刻原先再熟悉不過的，無論是寶山路或博愛路的入口，或桂花巷、變葉木步道，都變得陌生難辨。

他們說，昭和四年十八尖山公園闢建當時，為安順荒山孤魂，並祈工程順遂，園區各處雕置了三十三尊約一尺高的石雕觀音。這些觀音容貌各有風采，有的單手持珠傍首、有的立持金剛圈、有的盤腿端坐，持繩環法器檀香蓮花龍杖，佐刻十方弘法，但因為年代久遠，均散佚於各處不可考，直到近年才讓人陸續尋獲，這些在草叢樹下石縫間的觀音毀損情況不一，或臉或鼻，至今更有九尊尚未發現。

順著培訓員手指，我看向編號八的觀音石雕，可能因位在益壽亭子內，因此長久以來受鄰近居民的供養，不僅安設了石爐，更有幾尊流浪菩薩聚集於此。莊嚴法相的觀音像浮雕於石碑上，背後正是廟宇才有的八仙過海錦繡，每日皆有居民或健行登山客來此上香祈求平安，祇是可能忘了收取供品，幾個凹陷爛黑的草莓引來大量蒼蠅，在免洗紙盤上叢飛盤繞，與紅色的汁液組成令人怵目的畫面。

我憶起大學時，父母親最後一次探訪弟弟租屋，回來後家中空氣凝滯的午後，那天為弟弟帶去的大湖草莓也因母親奔走追趕父親一路碰撞，返家後連同塑膠袋置於桌上時不斷自底部滲出如切開心臟鮮紅的血水漫行餐桌面。我探頭看進袋子，真是脆弱啊，毀爛後，原來鮮甜的果子竟發出了陣陣酸腐惡臭。

祇是當時並未察覺不祇是草莓如此，還有更多事物亦如是；脆弱易毀酸爛惡臭，全妥善包裹在華美香甜的外皮之下。

在家門前佇立，頸子被夕陽晒得發燙，臉上映滿獎狀獎盃反射金光，長大後的我依舊得久握門把手許久許久才能拉開進屋。

婚後我開始試圖親近弟弟，祇是聽說幾次搬遷住所的他，似乎已搬出我與父母居所的城市，這個我們從小玩到大的竹塹城；也像背著我，慢慢步出我所熟悉的世界。我對他的印象漸漸凝結成一如展覽中的油畫，模糊扁平，被眾人行經視而不見。我突然想起國小弟弟那幅被署立醫院遴選的三款油畫，其中最大那張畫的是弟弟大雨中踏進十八尖山公園山道入口的背影。

「其實你跟你弟長得挺像。」記得婚前聽女友說這句話後，我茫然若失望向她。

電話筒中待接音空洞迴響許久，這是幾次撥弟弟手機的反應，沒有接聽沒有回撥，撥話失敗的次數多得連自己在日後也記不清是否曾去電連繫。我不祇一次好奇未接來電的弟弟在做甚麼？或旅行國外？或與男性友人恰好歡愛？

若是改以簡訊連絡，他總會幾天後簡訊回覆「有事麼？」、「找我？」。

我困惑著是否弟弟就如此自家族光譜中失色，抑或他保持距離祇是針對身為哥哥的我？

好幾次下班返家時巧遇他偎入沙發內母親身邊，談笑著門外握著門把遲遲不敢進入的我所無法觸及的話題，那些我難以自簡短手機訊息中判讀的互動與連結，牽動著幾年前被一只菸灰缸硬生截斷的血脈傳襲。弟弟知否？父親知否？我知否？

第一個寒流來前的初冬，挺著六個月孕肚的妻同我至賣場採買。獨自踅過糖果走道意外見到一只較撲克牌大的鐵盒裝巧克力，我饒富趣味翻看把玩。鐵盒全黑，正面印著西洋名畫，有雷諾瓦、夏卡爾、莫內，還有弟弟幼時經常掛嘴邊的梵谷。

看著星夜、鳶尾花、向日葵三款畫作包裹的甜蜜，我掂掂盒子大小，吃完其中的巧克力正好裝得下一包香菸、一只打火機的尺寸。突然的衝動，讓我四下張望後，將巧克力塞入牛仔褲口袋。

翌日下班返家，請母親代收裝於紙袋內的巧克力。

「愛冰呢？內底敢是食个物件？」

「冰著比較好，弟弟回來再拿給他。」

一直覺得，弟弟總在我不知道的時間回家陪父母親，似乎就像學生時代一下課便匆忙趕回家的我，順利樺卡進弟弟所遺失的時間內，在這個家完成了某些東西。

我不知道是否如此，仍以那個庇佑弟弟與我成長，大門照面陰溼巷弄牆上閃映了夕陽金光的家，作為轉交巧克力僅剩的唯一管道。

我連絡不到弟弟。

兒子出生後，返家便幾乎未再遇上弟弟。我常在大門隔著紗門看父母親目光悲悽緊盯無聲的電視，像弄丟了甚麼重要卻一時想不起來的東西般悵然無助。

那一年秋天竹蓮街因道路拓寬工程，拆去了半世紀前由日式建築木房改建為二樓磚房的屋舍，連街尾原先窄窄的竹蓮福地，也先被撤去了左側依靠的水泥房，然後嘩啦啦成了碎磚與破裂一地紅腥的瓦片。

廟內土地公移座安奉竹蓮寺那天，我瞞著大家蹺了班到街上觀看典禮。當機械手臂鏟入廟壁，在太陽下揚起塵土時，我奮力呼吸慌忙嗅著，卻聞不到任何熟悉的味道，油燭味、糖燒味、線香味、鹹汗味，這回徹底消失了，儘管自己繃起脖子如何吸氣，入鼻的祇是沙塵與哽咽逆進的鼻水。

之後我下班，往往擱了在家等待的妻兒，繞至父母家，門口久站一陣子後離去，這成為譴責內心的唯一方式，祇是譴責甚麼？連我自己都不知道。

每次想起童年，弟弟在畫作前咧嘴衝著我笑，那些原應與他連結的事物，應聲斷裂。而由他奪毀讓父母引以為傲的榮耀，逼著我在設法理解這個家的同時，轉身背過弟弟。

直到兒子周歲那年冬末，弟弟捎來簡訊「我在署立醫院」。

立攏領子，我就像隨寒流至醫院執行死神任務的殺手，祇是隨醫師推門步入病房，竟難以辨識床上即是我狙殺的對象，那是如何也無從憶及的形骸臉孔。

「他被送來後一直昏迷到現在。」

「在哪？」

「後火車站，」醫師謄抄著弟弟的病歷表繼續說，「路人發現他倒在路邊，身上沒證件，是他醒來說能自己打給家屬，但沒多久又昏過去。」

我看著闔眼深眠的弟弟，揣想醫師告訴我他長滿黴菌的腦膜是甚麼模樣。極度消瘦的他，如同幼年半夜醒來放尿時身邊酣睡的手足，緩慢而沉穩吸納著臥房黑暗無止盡的空氣，呼出的鼻息讓夜變得潮溼混濁。如同油畫布上的塗料，一層一層疊抹塗染。

告知妻的同時我叮囑她別讓父母知道，就像弟弟小時候總喜歡睜大眼睛看我，「哥，我祇跟你一個人說喔。」雖然後來他的眼睛未再張開，但我清楚簡訊裏與病床上的他祇希望，我一個人知道就好。

四天後弟弟走了，父母除第一次至醫院辦理手續與火葬當天出席，其餘按習俗迴避，將次子後事交我處理。

封棺前，我望著大量冥錢擠壓薄弱身軀上濃豔陌生的面孔，與牆邊稚氣未脫樸實熟悉的弟弟的高職照片，這短短幾年如同破爛變形的草莓，任誰也無法想像最初的甜美鮮嫩與果實初熟時飽滿愉悅的枝頭顫動。

似乎弟弟遠行前已用另一種形態離開我們、馴化我們，整整一輩子的時間，以至於骨灰入塔關門時，冷靜未泣的父母與自己教禮儀師吃驚，我們的沉默無語並未佐以啜泣怨懟，僅像久候未來的公車，陌生的乘客們私下洩漏了無奈與焦急。

因為我們早已可悲地反覆演練著空缺弟弟的生活與生命經歷，一直到熟能生巧仍不停止。

從火葬場離開時，我莫名其妙記起他們說，之所以這個城後來成了塚墓水田雜錯的怪異景象，是因為乾隆四十二年間，息莊佃農或士紳僉請准以香山、牛埔、內外獅山一帶的山麓，加上巡司埔、枕頭山、蜈蜞窩、雞蛋面能設義塚，範圍甚至擴及金山面、大崎、雙溪、青草湖、石碎崙、茄苳湖、鹽水港、荖衢崎這些界外番山也能比照辦理。以至於後來塹城周遭可耕地陸續水田化，墳塚連帶著往昔的亡靈便如鑲嵌珠寶般以奇特的符號，間錯了水田標示在地圖上。

如同骨灰安入一格一格井然有序的塔內，那一刻起，弟弟同樣嵌進這塊他逃了一輩子土地。

自此，我們仨再也不提弟弟。而我幾個月後帶著妻小，搬至台中。

兒七歲兒童節當天，我與妻帶他北上看爺爺奶奶。兒在兩老的庇蔭下肆無忌憚，活像塊盡心勤力的抹布將父母家徹底拖淨除塵。

妻客廳端坐，舉著茶與父母親閒聊之前電視探討做菜起鍋前撒鹽有益腎臟的節目。我繞行沙發進入自己房間前，回首瞥見客廳四人像刻意定義著幸福或甜蜜的字眼，凝結著電視節目喧鬧、談話說笑、兒奔跑碎步學語、水果叉輕碰瓷盤。

童年的房間無任何異動，母親每日擦拭維持一塵不染，置於我與弟弟達新牌書桌上所有雜物也似主人剛離開，筆筒中的筆、立置燈座旁的橡皮擦，書像剛被插回書架仍留餘溫，弟弟的椅子上還綁著他最喜歡的蒙娜麗莎圖案靠枕。

過去每次下班來父母家，連門也未進，更遑論臥室了。這間我與弟弟童年的臥室熟悉卻陌生。

我看著像仍有人活動的寢室，突然覺得這一切都離自己好遠，無論有形無形，都在遠方靜止佇立朝自己凝視。

我想起幼時算命仙論命，羊陀火鈴陷地兄弟宮，沒有兄弟姊妹。

「阿爸，你在幹嘛？」

「來，」我右手掄起兒，摟於胸前，「阿爸在想事情啊。」

「在小朋友的房間想事情喔，那我也要。」

抱兒經過冰箱時，他吵著要吃東西。父子倆在開敞的冰箱前橋著臉手翻找他想要的滿足。突然，角落一個眼熟的牛皮紙袋讓我停住手。

我塞一罐果汁給趴在我蹲踞著大腿上的稚兒，並喚妻將他帶走。

一樣的紙袋、一樣的釘書針封口，也許當年母親忘了轉交弟弟，也許弟弟並未接受我當年企圖釋出的親密善意。紙袋長年在雜物堆陳的冰箱中沾了醬液湯汁，髒汙老舊。

反覆仔細翻看紙袋後，我打開多年前留給弟弟的禮物，繪有梵谷向日葵巧克力盒的密封膠帶安穩寧靜地緊鎖著時間與記憶，對於弟弟錯失他兄長唯一一次的付出感到悵然。

就在我一邊撕去封口，一邊盤算著打開盒蓋將看見未被品嘗放置數年的過期巧克力時，我驚訝得愣住了。
盒內並無巧克力，放置其中是一張熟悉字跡的紙條，寫著：
「哥，我好想你。」
我蜷身扶著冰箱把手，握拳放聲痛哭。

二〇〇九年七月十二日

評〈弟弟〉

孫德宜

兄弟緣淺的蒼涼敘說，加上前後疏落有致的譬喻意象，穿插著鄉野奇譚的軼事傳聞：這篇作品贏得我們三位評審不約而同的首獎贊同票。竹蓮寺算命仙的直斷鐵口，寫生主題材不同的選擇，看濁了未來，似乎也斬斷了兄弟的情分。天賜的秉賦與性向，帶著弟弟走向另一世界的入口。直到個人網頁和菸灰缸，把弟弟和這「大門照面陰溼巷弄上閃映著夕陽金光的家」，硬生生地隔開。只有逢年過節才會讓弟弟再回來，探訪這片金光下無聲的電視、斑駁的藤椅和老朽圮壞的雙親。十八尖山的安魂觀音石雕，毀爛流湯的爛草莓，和署立醫院油畫中的入山口背影，被擠壓深鎖在一只撲克牌大小的巧克力鐵盒裡，見證哥哥「羊陀火鈴陷地兄弟宮」的唯一付出。最後弟弟的骨灰井然有序地入塔，如同墳塚亡靈崁珠寶似地標記在水田上。弟弟其實早已遠行，讓人掩卷垂淚嘆息再「三」。

二〇一一年竹塹文學獎首獎得獎感言

一九七七年生，對於自己十四年前拿下許多前輩都曾經歷的明道文藝文學獎感到與有榮焉。曾獲一九九二年宜蘭縣立徵文比賽短篇小說首獎、一九九七年全國學生文學獎小說獎、二〇一〇年全國台灣文藝營創作獎小說首獎，著有中篇小說《帶我回家》等書。蘇偉貞直指「寫出了這一代少見的篤定與氣勢」，駱以軍則以「羅西級『頭髮皆發光』的天才」來形容。他記得那年在路邊拾獲的書內寫著。

閱畢，他隨手便扔進了垃圾桶。

〈我的家在康樂里〉有一種新一代技藝派寫手所欠缺的，古典教養的「溫情」。結尾的段落真的打動我了。是非常不俗的一段對「孤獨」的描寫。

——駱以軍

我的家在康樂里

台北文學獎，優等獎，二〇一一年

男孩在公園發現老兵的時候，他的嘴角上正歇著一隻綠頭蒼蠅，他一度以為他死了。

每天下午四點，寄宿學校會讓他們在公園活動，這是廣告單上吸引菁英父母們的重點，身心均衡發展。

男孩想仔細靠近查看，老兵身邊原本趴臥的黃狗訕訕舉了頭。從蘼滿雙目濃黃的眼屎看來，牠似是靠著鼻子嗅聞男孩的。

他拍了拍狗頭。

老兵當然知道男孩遠遠量著，半攏了眼，斜仰的頸像朝他睨著假寐。這是幾個月來陌生爺倆的小把戲。

說歲差，兩人確實是爺孫的輩分。老兵二十三歲那年沾著國軍金剛計畫的尾巴來到台灣，跟整旅弟兄順著公墓扎根成兩代綿盛的鐵皮寮，快些的第三代都小學畢業了。

這般天倫原本老兵是有份的。

當年最末批抵三橋町就屬老兵最年少，那樣勞動的年代，姑娘女孩掩上門還不是向了母親嚼嚼哪些個兵爺神氣，他們說留住了，這一帶還怕賊人竊亂？

於是幾個軍長接連娶了，歡天喜地鬧了一年半載，併肩作戰的弟兄全成了親戚鄰居。幾個抱著光棍還盼有天能打回去的弟兄，則鎮日在村頭閒晃，戲著別人的娃兒直嚷嚷練槍操體能，好像這個三橋町整了整，便能成軍作戰。

老兵瞧男孩背遠了，才撐著石椅起身，抹抹唇，垂下手輕刮褲子窸窣喚了黃狗跟上。

「再走慢點，被抓去煮老子可不救。」

黃狗似懂非懂，三兩步靠上來，晃著沫星子的白舌頭哈氣。

老兵當然是說玩笑話，牠這身反覆的癩痢病，幾年前開始便層疊著膿癬好不了，四下探方子也不見改善，別說汆鍋煮，靠近點兒聞那股腥臭直教人探胃底作嘔。

他心想，那個傻不愣登的小子肯定癱了鼻。他扔一角肉包餡到桌下，拍了拍狗頭。這麼衣著光鮮的人家，是啊，潔白的小領襯衫朵著豬肝紅的領結，牢釦的袖口亮繡著幾粒漂亮滑溜的洋文字，觸膝折反的濃黑色短褲數得出前後熨齊的燙痕，晶閃閃的黑皮鞋配了黃紅條紋短襪，不正是附近寄宿學校的衣著麼？那兒的娃兒各個像蔘，嬌貴極了，每次在公園望遠些，一個個鞦韆上晃，總覺得再盪高點兒，肯定甩上天當星星。

獨獨就這愣小子敢站近了老黃，幾回還對耳嘟噥不嫌髒臭。老兵搖頭笑了笑，隨即又暗下臉。

想到過兩周，這裏將拆毀拓建成十四、十五號公園，即便政府規劃了搬遷公寓及補助津貼，但一想到黃狗，老兵忐忑，隨日子逼近心煩起來。

好些子女有成的同鄉，這些年陸續被領至外縣市淡了音訊，特別這半年，幾家麵攤包子鋪捲了鐵門熄下燈，留著鏽邊的招牌打夜裏走過，風一絞，還咿呀咬著像發寒的磨齒聲。

他當然也聽到不少新厦裏住不慣的牢騷，心頭總不安，祇有每日下午見著男孩怯生生又好奇的趨近，才寬慰些。

老兵總在瞇躲的眼皮後，盤算自己的兒子如今該也是這樣雞巴毛沒頭緒的嫩蛐蛐。十多年前女人連夜抱走，還僅是一團蜷在胸口的心頭肉，斜擱她背肩上，是怎麼也瞧不著的小臉，這些年夢過幾回，卻是愈來愈糊淌了。

初夏早晨熱得好快，老兵用汗透的手帕揩著額，唯一一件七八年前同梯參三嫁女兒穿過後便漿進衣櫃的白襯衫，濃著一股樟腦丸味兒，讓老兵有些作嘔。

他暗忖再幾個月到了盛夏，會熱成甚麼德性？

同樣坐在里民活動中心的，全是尚未遷離的老鄉，老兵假裝束著領帶，前後望了望，二十來位，跟他一樣沒妻沒子的居多。他垂下手拍拍貼著板凳喘氣的黃狗。

「今天再不出個結論，咱們說啥都不走。」挑高活動中心的天花板吊扇嘩嘩轉掃，混著綿密的說話及一聲響亮的吆喝。

大家鼓掌應和。有人跟著喊，有人笑了起來。

老兵豎背坐直引頸往前眺，想聽清楚回應，卻祇見前頭五六個西裝小夥子無聲開闔著嘴。他困惑這麼穿難道不熱麼？

協調會中午結束時，老兵的襯衫完全溼透黏著身體，他略顯狼狽看著整齊劃一的西裝九十度鞠躬，從容退場。幾個訓練有素同樣套裝的女人，跟上來優雅收拾器材，然後離開。

當所有人陸續散去後，老兵刻意走到前頭站一陣子，他發現並沒有比較涼，但可能是發熱的身子成了現成蒸熨斗，讓襯衫的樟腦味聞起來沒那麼噁心。

半年兩回說明會，加上這次協調會，老兵當然明白到頭來非搬不可，他們說新蓋的國宅十一樓高，電梯冷氣床櫃冰箱全備妥了等人入住，他讀過幾次寄來的說明，滿肚子疑問。

畢竟住了大半輩子的三橋町，老兵知道上那兒吃餃子會送湯、拐彎兒的理髮鋪沒事也能刮臉掏耳朵，而老黃鑽過了巷底鐵棚，在後頭幹的快活事他從沒戳破，這些年弄了好幾窩狗崽子，咿咿嗚嗚像替自己傳宗接代，想想要是搬了，犬娃子沒爹能成麼？

說起老黃，老兵滿心虧欠。

當初連隊長抱來，預備宰了替老兵過過霉，不足一歲的狗吠像嬰兒哭，老兵聽了幾夜，總想起幾周前被抱走的兒子，心一軟，留了當自個兒骨肉養。祇是這十來年生活乏困，老黃跟著有一餐沒一餐，甚至還得自己巡巷弄覓食，要是那年領了連隊長好意，牠也不那麼受苦了。

老兵想著險些睡落，幸虧黃狗癩痢皮的刮搔聲警醒他，他撐開眼皮不見男孩，也不見其他學生，覷錶確認時間確實下午四點。

再躺幾分鐘，老兵不等了。黃狗似乎早料到男孩今天不來，從剛才開始便搔搔嗅嗅忙個沒完。

「走啦，小鬼今兒沒放風。」

老兵才正猜著男孩沒來的原因，繞過街口便見懸在寄宿學校門楣上的紅布金字，上頭寫著「年度寄宿生家長懇親暨兩岸教育研討會」。

他反覆念了幾遍紅布上的字，不太明白兩岸有甚麼好教育的，身為榮譽國軍的他，謹記著唯一口號是反共抗俄。

話雖如此，老兵依舊興趣盎然，他吃力攀上了牆邊膝高的花墩，踮腳往裏探，祇是這樣火爐熱的午後，望去的操場自然空無一人。他又扭頭搜了搜，才聳聳眉毛滑下腳步來。

「咱們到後頭瞧瞧。」

圈過半個校區至另一面看進去，正是學校教室，幾窗緊閉的玻璃框著一顆顆面向黑板的小腦袋，座位後頭工整列席的應該就是家長了。

老兵像以前驗著竹籠內的饅頭逐次點了，卻沒找著男孩。不少家長板臉皺眉搖揙手上的文件，一臉不耐煩盯著黑板前手舞足蹈的教師。

天色開始泛紅，黃狗蠕著鼻頭跟上來，似乎知道老兵有點失望，牠安靜垂頭跟著走。

過馬路的時候他停下腳，看了看黃狗，黃狗也仰頭皺眉回看，他心頭一陣暖，十幾年來就這個毛快掉光的伴兒陪他，每次見牠瞅著自己，總覺得懂了牠的想法。

剛留黃狗的頭幾年，一些弟兄糗他說再養下去肉老耐嚼；更過些時日，則幫他冠了姓，認祖歸宗，喊到後來小黃成老黃，他聽得順耳也跟叫。

特別是這幾年，一空閒下來回頭想想，讓老黃跟在身邊對自己其實是殘忍的。

老兵問過師長及上級單位，當初跟了美國第七艦隊撤離大陳島之後，便再沒人出來。這艘末班船讓標準以上體位戰士移防金門馬祖，自己與其他傷殘兵，則被棄置於本島。

大夥兒平日最興拿彼此殘疾說笑，有的少了胳膊大腿，有的則是眼殘耳背，樂趣得很，唯獨老兵的情況沒人敢提。

撤守前數周，一江山島受掠，當時共軍衝進伙房寮擎槍掃射，據老兵的說法是正巧扛了一整鍋滾水，子彈打進去卻沒出來，漏了自己一條命，倒是滾燙熱水就這麼廢了他後半輩子。

那共軍呢？是後來幾年說到這兒，他才敢抖高了眉說：「氽片子吃過罷，嘿嘿，這道菜的滋味可不好聞。」

頭些時候老兵才沒這麼豁達，畢竟搶進門的同梯，哪個不是看到兩串白泡冒血的肉條像鍋裏的肺片滾啊滾，祇是一個半生、一個全熟。

當醫官撕剪開黏腿的軍褲時，長官們都瞧見了胯下那一團焦黑皺縮如癩痢病的肉囊，這該也是老兵拖到了五十三才娶的原因。

回到家，老兵發現門上黏了用粉紅色紙印的集會通知，是一些城鄉研究學生發起靜坐守夜的活動，時間正是這個村子拆除前一晚。

老兵想起男孩，坐上床拍拍黃狗，牠收舌一凜盯著他瞧，老兵突然發現自己今晚忘了吃飯，而老黃也跟著挨餓。

那個夜裏他又夢到當年女人抱走兒子的情況，自己赤腳踩在晨了光的門後，怯怯望著滿月大的小腦袋肩上擱睡著，就是怎麼也照不到面。他挪挪腳想喊，頓了幾秒，又定住不動。

女人套妥鞋，向上一顛，摟緊兒子，推開門正要走，老兵急從門後跟出，碰落了牆靠的傘，女人警覺回頭，他又竊慌慌趕緊縮回門後。

十多年了，每次夢到這兒老兵總會醒，醒來總會看到老黃濃垢著眼瞅他。

活動當天三橋町熱鬧極了，許多早搬離的同鄉帶全了妻小回來。大家在村口長著脖子數看巨型海報上公園預定藍圖，一個個再揣了孫兒往巷弄裏鑽，沿景嘮叨誰誰老在拐角撒尿、誰誰在窗下看人洗澡討了頓打。

老兵記得副排長邊間厝右夾的石階下踩幾步，左手的門板推過去，能直通工務區仔的廚房，他倆興得甚麼花招，才剛來，大夥眼底瞧著沒明說。

而密保官是最早到三橋町的，卻陸續撿了三四處換，全怪運氣好，不是睡了日本親兵的墳，就是窩了個把月才發現用來洗衣的石板是圳頭碑，大夥兒笑他是村裏的小遊牧，直到走的前幾年才算扎實落腳。

對老兵來說，三橋町這四十幾年根本沒啥變。

老兵讓黃狗跟著四下打轉，想找上回那幾個穿西裝的，把沒機會問的給釐整釐整。廣場幾家學生請來辦桌的廠商各自忙碌，新聞媒體的車輛也陸續駛進，老兵這才發現原來自個兒家被拆，是上得了電視的事件。

過了中午，像是附近的人全來湊數，巷彎兒棚下、戶裏戶外全晃著陌生或熟識的臉孔，小孩兒尖叫笑鬧，這兒不曾這樣，便是連著婚慶的那些年也沒這番歡天喜地。打明兒開始不就散夥了，不該是離別依依才對？老兵讓太陽晒得發昏。

老兵想起自個兒十二年前結婚，也是不少弟兄回村吃喜，新娘是連隊長新收的乾妹，樣貌美醜早忘了，唯一記得大概是兒子被她抱走時小腦袋搭靠的瘦骨背肩。

弟兄們之間全都知道老兵的情況，連隊長這個媒原先是盼了新娘能幫看著，夫妻關係甚麼的也別計量太多。

沒料到個把月後新娘肚子腫了，生完小孩、坐滿月子，連夜溜了。連隊長喪著臉抱來黃狗，當面臭罵婊子，自然也沒有新娘下落。當時老兵沒說甚麼，能怨誰？祇是日後幾次回想，頭頂確實一片綠。

一直到黃昏襯了舞台花車響起音樂，大家陸續入席時，老兵才發現整日溼溼乾乾的白襯衫，這回散著股糟餿味，薰得他沒胃口，整桌子好菜順手樂了老黃。

老兵拍拍狗頭，牠仰頭瞇眼舔舌像在笑。

這頓飯將近十點才散，一部分人跟著學生在村口席地而坐，老兵擠過人群走上前。

「請問啊，搬了我這狗怎辦？」

學生像沒聽懂，老兵又重複了一次。

這次來了個面熟的學生，笑得很甜。

「伯伯，你上次不是問過了？國宅那邊不能養狗。」

「不能養啊？那我這狗怎辦？」

幾番夾纏後，學生們藉口脫身走開。老兵沉下臉垂頭，黃狗一臉滿足朝他哈氣。

這個問題先前兩次說明會後，老兵都私下攔問，幾個人反應都相同，先低頭翻了說明書，重複念幾遍，然後笑咪咪補上「規定就是這樣」。

他們說帶著寵物便不能入住。

老兵回到家，巡了牆邊打包好的兩口箱子，真是不能過去，拖了這些家當能上哪？

房間燈沒開，他就著窗口框進的路燈，把箱子裏東西一一撿了出來，擺在地上。黃狗刨了一陣癩痢，駝下背嗅幾鼻子鄰近的鋼杯，跟著臥下，巴眨眼睛望向老兵。

人狗對看一會兒，黃狗突然像想起甚麼，揚頭愣了愣，吃力起身爬至老兵盤坐的腿旁，再緩緩將頭枕上了腿。

老兵拍拍狗頭，這時嗅到了自個兒身上白襯衫竟膩成油耗味。虧自己協調會那天翻出襯衫，盤算穿得正式點或能有些轉圜，今天研究學生這麼說，的確讓他心都涼了。

他脫下白襯衫，簡單摺疊，塾進箱子底，再依序收拾滿地的家當，最後再讓兩口箱子傍回牆站，自己則坐上了床。

木頭床座咿呀一響，老兵記起這榻床當初是急討老婆換的，樣式花色沒得考慮、用料做工忘了問，連工人搬進屋時對他賀的甚麼換新床鬧洞房，也裝沒聽見。瞧床頭店家燙的雙喜紅字，他一度想乾脆退了，免得自取其辱。

新床咿咿呀呀，老兵每回翻身聽床鬼叫，閉眼皺眉表示心煩，那是兒子出生前的事；出生後，他倒喜歡躺著不動聽床叫，再細微也好，隨了女人翻身撓進耳裏。今夜她沒上哪兒去，老兵懂，他當然懂。

而且後來他正是這樣發現女人不在，才趕緊追下床的。

那年每晚像從前大陳島上站崗哨眠，一點兒風吹草動便驚醒。後來想想，的確是她跑了以後才能放心睡覺。

老兵回過神，覺著不妥，拐下床又拉來箱子，將白襯衫從最底取出，有些懊惱拍抖幾下，小心翼翼懸上床角竿頂。

明兒村子就拆了，入睡前老兵仍聽得到村口學生們守夜的歌聲：「我家住在康樂里，我家住在康樂里……。」黃狗刻意盤在床邊，頭正好靠了他外伸的胳膊。在完全睡著的那一瞬間，男孩像之前每個下午般竊竊鑽進老兵眼縫裏。

那個晚上老兵睡得極顛，接近清晨時，他發現自己醒了過來，扶下床連鞋也不及穿，便赤腳躡至房門後。

他有些驚訝這一切就像在自個兒的夢裏，門後窺去正是女人懷揣了兒子弓下身套鞋。

她照著這些年來在老兵心中再熟悉不過的動作重複：直起身子，向上一顛，再摟緊兒子；祇是這回、也是頭一回，他看清了她肩背上的小臉，哪裏是十幾年來心上想的小傢伙？整團爛肉糊掛著，弄不清眉毛像誰嘴巴像誰，反倒像自己胯下的爛玩意兒。

老兵不敢喊出聲，退踩幾步。那不是誰的兒子。

驚醒時他全身冒汗，這回老黃沒顧著他，看了看表才睡兩個鐘頭。他有點難過，想著自己在這三橋町大半輩子，最後一夜竟睡不好。

好不容易捱到天亮，老兵套穿白襯衫時發現，上頭的味道變成玉米烘晒後的乾脯味。

趴臥床邊的黃狗早醒了，將頭枕在兩足中間，吊高雙眼看老兵穿好衣服，仍在鏡前抹頭髮整理衣領，拖拖拉拉像是刻意。

拉起兩口箱子退出屋外，老兵關上門要鎖，想了一想，似乎沒必要，又將鑰匙收回褲口袋。

村口昨晚守夜掛著布條的位置，換了動土典禮的紅布條，黑禮車陸續駛進，個個穿了領帶西裝，老兵額上冒汗心想，他們全包得像粽，胯下卵苞也該早溼濡一團罷。

在花圈花牌送進村口時，他找到了之前協調會的主席，黃狗也跟了上去仰著頭瞧。

「對，規定是這樣。」

「那我這狗怎辦？」

「國宅是新的，得把狗送走。」

老兵擠出人群，驚訝發現今天村子的人比昨天多，黑壓壓一片團著村口的致詞台。他邊擠邊想，老黃送走能給誰？站在人群外，他不知所措起來，特別是拖著兩只箱子。

九點左右，典禮開始了，一些政府官員依著司儀喊的順序上台發言，結束時大家熱烈鼓掌，老兵發現站在台子旁的幾個年輕男女，正是昨晚主持守夜活動的大學生，他們有說有笑，胸上都別了豔紅的塑膠假花。

這時，他看到台上開始說話的人身邊，愣愣站著同樣西裝的男孩，領上朵著熟悉的豬肝紅領結。

老兵又往人群中擠進，想湊近了看。

麥克風台上的盆花活像炸彈引爆，岔了縮在後頭的男孩小臉蛋，老兵的視線一時慌亂起來。

然後他就這麼愣杵著，腦子嗡嗡響，直到男孩的台商父親，拽了男孩的手下台。其間若有甚麼感覺，正是老黃貼著右腿不時搔癢的蠢動。

老兵突然覺得天氣沒這麼熱了，雖然白襯衫早溼透黏著身體。

再次擠出人群，他朝住家走回去，同時輕刮褲子窸窣要黃狗跟上。

他突然想起許多年前三橋町來的頭夜，整旅弟兄喝乾渡海拉過的酒，大夥兒嚷了以後扎根此地，生生繁榮。

到家中，老兵反手將門鎖上，他發現自己記不起過去男孩公園邊瞧他的模樣。

原來那就是男孩的父親啊，確實精明幹練的台商，畢竟是會將孩子送進高級寄宿學校的家庭。

他想想，住了大半輩子的三橋町，倒頭竟陌生得像跟自己沒啥關係。

老兵蹲下顫抖翻了箱子，幾層報紙捆妥的菜刀落在地上發出悶頓的鏽金屬聲。

黃狗似乎明白了某些事，垂下頭靠躺在老兵腿上。這麼多年來他第一次嗅到牠身上的味道，眼眶溼了。

「等等跟緊點兒，被抓去煮老子可不救。」

說完，像是心裏有了譜，身體卻動不了，老兵鬆開菜刀，垂斜了頭貼門，任憑不知哪兒停來一隻綠頭蒼蠅上嘴角，他心想，下午他們發現自己與老黃時，肯定以為他們賴睡著不走。

然後遠處傳來鞭炮聲響，老兵低聲啜泣起來。

二〇一一年六月十一日

評〈我的家在康樂里〉

駱以軍

一開始對這篇心有防衛，因為口音過重，很像是「做出來的想像性老兵」，直到做好準備要啟動敘事，發現並非只是在賣一個感傷劇，人物的劇情，與老狗倚偎的關係，不煽情，很現代主義，一些段落不因過場而詩意飽滿的存在，寫出孤獨老人的悲傷時刻。寫狗也寫得特別好。有一種新一代技藝派寫手所欠缺的，古典教養的「溫情」。結尾的段落真的打動我了。不以其人物命運的必然，是非常不俗的一段對「孤獨」的描寫。

寫給你的情書

酷兒情書大賞，一九九九年

晚上去找完Funky的二哥後，便回家寫信給你。

周三夜、周四清晨的Funky好冷清，巨大的音樂在空盪的舞池肆虐著，突然才發覺自己也想要擁抱愛情，像是迷路的孩子。

第一次在晶晶書庫看見你，很喜歡你說完話抿嘴的樣子，生動的表情使我落入甜美的湖中，看你的笑、聳眉、抿唇會讓人有一種腳踏實地的安心，像是甚麼都歸了定位的安全感向我湧來。在心中暗自佩服及贊同的是你的過去。說實話，在搬家那時的勇氣真的是來自亮亮你。決心及尋找自己生活的那種暗中發誓的力量便有了亮亮的味道，所以離開家、住到外面、工作、開始體驗自己的生命。

不知道為甚麼，雖然一再地告訴自己其實一個人也可以過得很好，但還是很想找個人在一起。每每看到情人們快樂的神情，就會想起以前和我在一起的男生，也許過去的回憶太過甜美，讓人失去往前的勇氣。

好好笑，我竟然在凌晨二、三點寫信給一個已經有BF的男孩，更何況他的BF還很疼他。這是很突然的想法，在Funky，抓起點歌紙便唰唰地寫了起來。和你聊天很愉快，你總是安靜、有禮貌地聽我說話，連我自己都感覺吵的音量下，我試圖讓你知道我。聊完、離開，才發現自己又一定令人討厭了。原本不是我性質的多話，這一刻，卻變成想利用它來構起我和亮亮的工具，多話多話，真遜。

當人們大聲說著愛情像突來的浪一般襲來時，我還站在街口拿著地圖詢問路人該如何前往幸福。因為我相信愛情是經營來的，像是兩個人小心捧著易碎的氣球，祇要一不留神就散成滿地的泡沫水及悔恨。

我說過我是那種有愛就大聲說出來的人，所以現在我想是表示我的想法的時候，雖然不知道會有甚麼結果或下場，但不說，又會如何呢？Who Knows It? 你問我喜歡哪一型，我說我不知道，但當我發現每每在離開晶晶書庫時懊悔自己在你面前急促說話及坐立不安的樣子，就知道自己喜歡的是甚麼，而自己又該做甚麼了。像是摘了一大籃葡萄的髒孩子，心裏很高興、很充實，也不知道自己能不能喝到葡萄酒，但在扛著葡萄回去的同時笑得很燦爛。

好久沒有這樣向一個人說明自己的心意了，像在夏天吃過紅豆冰棒，呼的一口氣還是涼涼的，那種滿足變成整夜的美夢。這是我的感覺，一直提醒自己一定要寫信告訴你我的想法，我不希望在我起身離開沙發去上廁所時，錯過了正在轉播的某個最最重要的全壘打。

在我右前方不遠的一對情侶一直在龐大音樂聲下聊著天，後來，兩個人俏皮地嘟著嘴親了對方一下，突然，對於愛情，我又懵懂不知了，祇知道擁有幸福的感覺會是很快樂的罷。第一任BF不到一個月，第二任BF三個月多一點，幸福還離我很遠哩。加油罷！

喂！亮亮車掌，給我一張通往愛情的單程車票罷。甚麼？賣完了？那……那就請你陪我上車罷，因為，我想，也祇有跟著你才能到那個地方了。

P.S. 因為不存在的時間使我有點暈眩，許多結構上的東西也一一支解，是不是等我到了那時間，也會瓦解成不能熟悉底你我。下一個世代，我想不變的還是會一樣。

一九九九年

得獎感言

甚麼是愛情？

在獲知得獎時，我正在「美麗少年」導演陳俊志家裏忙有關申告東森電視盜用影像的事。關於這篇得獎的情書，是真有其書，也就是信中的稱謂者早就看過這封信，然後因為這封信和我在一起，三天後分手。那都是回憶呀！現在想起來胸口還甜滋滋的，隨時還可以拿起那時的書信讓自己掉進當初的漩渦中。現實與我真摯的心相互撞擊，變成祇能選擇任何文本停留自己，用書寫的字紙層層包住。甚麼是愛情？當它還未出現的時候這樣問自己，而當它出現的時候，這個問題還是沒有答案，祇希望，我的感情在我喜歡底人的腳邊蔓延開來。

電話

明道文藝全國學生文學獎，一九九七年

電話響了很久。

「喂，你找誰？」

「是我，王媽。」

「啊，少爺？是少爺麼？阿珠快去叫老夫人，快，是少爺打電話回來了，快呀。」

「王媽，不急。」

「少爺您怎麼這麼久沒打電話回來，三個月有罷，連封信也沒有，老夫人念你念得急呀。」

「哦，媽最近身子如何？」

「還好，還好，一切都好，少爺您呢？」

「不錯，媽多虧你照顧了。爸不在家，我又在外地念書，媽的一切都煩你操勞了，尤其醫生說的那些，還得請你看著媽，別再犯了。」

「少爺哪的話，這本來就是下人的事，老夫人的生活起居由我照顧就行了，何況現在老夫人幾乎祇有周末才喝個一、兩杯，少爺您就別擔心，好好念，以後找個好工作，孝順老夫人，老夫人也心滿意足了。」

「嗯。」

「少爺還有幾年畢業？要是沒記錯，好像還有一年多罷。」

「不，再多幾個禮拜就畢業了，現在學校裏忙成一團亂。」

「啊，要畢業啦。真糊塗，人老，不中用了，連少爺畢業的時間都搞不清楚。」

「沒關係，今天打回來就是要和媽說這件事。」

「哦？」

「關於畢業之後的事。」

「少爺畢業後打算做甚麼？」

「可能會到外地工作罷。先和媽說了再看情形。也許一畢業就去，我想暫時先不會回家了。」

「喔。少爺您等等，老夫人來了。」

「媽。」

「噢，怎麼那麼久沒打電話回來，媽好想你呀。」

「學校忙嘛。」

「忙？」

「因為就要畢業了，學校裏忙著考試、拍畢業照和一些事物的移交。」

「對，對，你今年畢業，我差點忘了，我差點忘了。真是的。」

「嗯。媽，最近出版社還跟以前一樣成天向你催稿麼？」
「還好，沒那麼忙了，雖然現在看媽寫的東西的人少很多，但我想我的東西多少還是有人會看罷。要畢業了，畢業後有甚麼打算？」
「這個我有稍微想過一下。」
「哦？」
「嗯。」
「……」
「媽，爸還是沒回來麼？」
「呃……呃，沒有。」
「這個父親……」
「唉，都那麼久了，算了。」
「怎麼能算了。四年前不交代一聲，上個班便沒再回來過，這算甚麼。」
「……」
「媽不氣他麼？」
「我？也許他有他的苦衷。」
「可是媽，你想想，四年不是短時間，甚麼消息也沒有，他到底想怎樣？好歹也得回來說清楚，幹甚麼躲躲藏藏。」

「也許真的是這個家……」

「媽。四年，我不知道該怎麼說，這麼長的一段時間。法院雖然已經判定死亡，但我們不都還確信他仍活在某個地方麼。如果真是這樣，我相信你也希望他回來一趟把事情說清楚，免得這件事沒有著落，大家祇會繼續胡亂猜測。你是知道街坊鄰居都怎麼說的。」

「嗯。聽王媽提過，但你也別說了，別再怨你父親了。」

「你也許多少護著他，但這些切確的事實在我們周遭，我們能假裝看不見麼？要不是他四年前離開，也不會發生那件事。」

「……」

「媽，我沒怪你的意思，但妹妹會發生那種事，是爸的關係。」

「夠……夠了，我們說些別的罷。」

「……」

「最近你和你妹怎麼像是約好不打電話給我似的。」

「怎麼說？」

「哎，其實我也知道她在學校忙得很，再加上國際電話不便宜。」

「……」

「你就勤著點給我撥通電話，虧你還是在國內念書的人，又不像她跑到加拿大去，連撥一通電話都覺得傷錢。」
「嗯，我會的。」
「對了，你說畢業後要做甚麼，我一時忘記了。」
「嗯，我想，我畢業之後不會升學罷。」
「不升學？那做甚麼？」
「我想去**流浪**。」
「**流浪**？那是甚麼？是職業麼？」
「我也不知道，我們這兒有一半的同學都選這個。」
「我沒聽過這個。」
「我以前也沒聽過，是後來這裏一大群人耳傳才知道的。」
「好像是時髦東西。」
「嗯。」
「你知道它甚麼性質麼？」
「我不大清楚，不過像是必須到遠方去。」
「到遠方做甚麼？」
「可能是工作或甚麼一類的，不過肯定不壞，要不，不會有這麼多人想要參加。」
「喔。」

「……」
「那確定不錯？」
「應該罷。」
「我，不知道該不該說，我聽到你說的這個新東西時，有一種奇怪的感覺。」
「媽，奇怪？」
「不知道，隨便說說，祇是一個感覺。」
「喔。」
「那打算甚麼時候去？」
「嗯，我想一畢業就去罷。」
「一畢業？」
「一畢業。」
「那不先回家？」
「應該不會。」
「……」
「這樣說罷，我不知道甚麼原因，總覺得這是一個很重要的東西，至少在我生命中。」
「……」

「然而，然而這卻是在別人身上不容易發現的。」
「你的意思是……不是很普遍。」
「嗯，不是每個人都會有的。我不知道該怎麼說，但總覺得是一種稀有的虛榮。」
「……」
「我會這樣說，是因為總覺得自己體內一直有一種獨特的東西，這種獨特，在我聽到**流浪**時感到完全地契合。」
「哦，我不太懂，但我可以知道那對你很重要。」
「對，大概就是這樣。」
「……」
「……」
「對了，我還是……」
「甚麼？媽你說大聲一點，我剛沒聽到。」
「沒甚麼。」
「喔。」
「你等一下，我去拿個東西。」
「沒關係，你去拿，順便叫一下王媽，我有些事想和她說。」
「嗯。王媽，王媽呀，電話。」

「王媽。」

「少爺，正巧，我剛才看了一下，村裏今年的**寂寞**盛產，要不要我寄些給你吃？在外地嘛，吃些家鄉土產總是好。」

「哦，真的？也好，那就麻煩你寄一些過來。」

「好、好，我明兒個就寄掛號送過去。嗯，少爺您叫我甚麼事？」

「噢，沒甚麼，祇是想到以後會有很長的一段時間不回家，想再交代你有關媽的事。」

「少爺，你確定不回家了？」

「嗯，我已經和媽說過了。」

「哦，老夫人說好就好，少爺以後得自己照顧自己了，在外地工作，不像做學生可以隨時抽空回來。」

「這我知道，媽也要你多照料。以後的日子，我……」

「少爺，您真是孝順，不過您也別操心，我照顧老夫人已經二、三十年，老夫人的習慣早已是我的習慣了，老夫人甚麼時候要甚麼，我一清二楚，少爺就別擔心了，安安心心地去工作，賺大錢回來孝順老夫人。」

「那就謝謝你了。我不敢想像家裏沒有你會變成怎麼樣子。」

「少爺太抬舉我了，沒有我，還有阿珠呀。」

「阿珠還太年輕，不清楚我們家的習慣，你也知道我媽的個性，我還記得阿珠剛來的頭一年，媽成天和我抱怨她笨手笨腳的。」

「少爺說笑了。不過現在有阿珠，倒幫了我不少忙。」

「哦？」

「像上次，我想換客廳的電燈泡。」

「客廳的？很高，不是麼？」

「多虧了阿珠。」

「那我得叫我媽謝謝阿珠。」

「哪的話，少爺，您太客氣了，這本來就是下人的事。」

「不，不，尤其要謝謝你，從小我幾乎就是你帶大的。我還記得每次媽嫌我煩，就會叫我去做王媽你的兒子。」

「不敢，不敢。」

「這是真的，而且這些年發生了些事，也是你陪媽一路走過來呀。」

「少爺。」

「別不好意思了，王媽，早就該謝謝你，祇是我一直找不到時間，現在，不、不，以後可能有一段時間不會回家，爸……爸又沒在家，媽有心事，卻找不到人講，我想……王媽，就麻煩你有空多陪她聊聊。我知道家人不在身邊，那種孤獨的感覺是很難受的。」

「老爺？他上個月有回來呀。四年多的事情總算有個下落。雖然老爺祇回來那麼一下，老夫人應該是不會再像以前那樣難過了。」

「啊？你說爸上個月有回來？」

「對……不、不，沒有，沒有回來。」

「王媽。」

「沒有，老爺並沒有回來，我搞錯了，不是老爺，是……」

「說實話，王媽，告訴我真實情形。」

「我……我不清楚。老夫人來了。我再幫你把**寂寞**寄去，記得吃呀。」

「媽，媽，爸是不是有回家？」

「啊……」

「媽，告訴我。」

「呃……沒有，你爸他一直都沒回來。你是聽誰說的？」

「王媽。」

「……」

「媽為甚麼不告訴我？除了上個月，爸是不是還有回來過？」

「我，他……」

「媽，你要知道，爸這麼做，我們是沒必要同情他的。因為我一直持這種態度，所以我不明白，你怎麼對這件事連吭一聲都沒。」

「……」

「也許是我本身個性就是這樣罷。對於這件事，我會認為他罪該萬死。其實，假如祇是單純的父親離家出走事件，我是不會這樣氣憤，但實在是……妹她是無辜的，為了這樣的父親被……」

「事情已經過那麼久，你就忘記罷。」

「忘記？怎麼可能。我到現在還記得事情發生後妹對我說的話。你知道她說甚麼？你實在應該看看她哭泣的樣子。要是爸沒離家出走，妹會因為深夜出門找他……而被人給強暴麼？媽，你知道妹她需要多少勇氣才能活下來？」

「……」

「你也許會說我太激動了，但我明白我憤怒的是甚麼，妹的事祇是其中之一罷了，我責怪的是爸那種不負責任的錯誤。這樣無緣無故地離家出走，對我們要怎麼交代。而且四年這麼久的時間。」

「唉，他一定有他的苦衷，祇是我們不了解他而已。」

「媽，你怎麼……你怎麼還在為他說話，你知道麼？祇要你一為他說話，我就會認為是我自己還在愚蠢地計較這問題，而你看起來像是已經不在意的旁人似的。媽，面對這個問題罷，別再逃避了。雖然我看起來很憤怒、甚至誇張地和妳咒罵著爸，但我清楚我在試圖進入問題，我正努力地對這事件做應有的態度表現，並不是和你一樣地躲避問題，逃離自己內心被忽略已久的創傷，甚至表現得毫不在意。」

「也許罷。但現在的我已經不會想再去釐清這問題。也許你說的是對的……我並不知道。不管如何，唉，我想我們應該去試著了解他。每個人都有他自己不願意與人說的一些心事，因為這樣，我們和其他人才有不同的地方。」

「……」

「是不？」

「爸回來做甚麼？」

「唉，那是上個月颱風來的一個禮拜日。說來也很奇怪。你想聽麼？」

「嗯，你說。」

「好，我就說給你聽罷。也許你聽了之後就不會那麼恨你父親了。」

「……」

「那真是一個奇怪的周日早晨，雖然說奇怪但也沒甚麼不對勁的地方。就像是以往颱風來臨的星期天早晨一樣，沒有任何的不同。那種情況你知道的。氣象總是說甚麼颱風來前呈現的高氣壓狀態，使天氣怪異。我不懂他們用的一些專業術語，但知道這和其他颱風來前的怪異是一樣的。雲飄在天空，看起來很沉的樣子。我不知道怎麼形容，但雲是大片大片地壓在頭頂上，也像是凝重地躺在天空的最低限上。」

「媽，你直截了當地說罷，別形容了。」

「不，我想把那天的整個情形告訴你，因為那天的整個環境、天氣讓我有一種感覺，像是這一切都是串通好突然出現的，說明白一點罷，這整件事，從早晨的雲開始，似乎就背負著歷史般的宿命。

「總之，整個天空的雲像疲倦的旅人。而那天的風吹得很重，雖然風吹過樹叢發出沙沙的聲音，但仍舊像肩擔著甚麼，使得原本輕脆的風聲變得令人窒息。空氣中有潮溼眼淚的味道。說真的，這些實在讓人誤以為是自然給予萬物一個警告的提示，警告著將有一場浩大的殺戮將要展開。然而這些在我們眼中，祇不過是和以前多少個颱風前的周日早晨一樣。」

「嗯。」

「就在這樣的一個平凡和其他日子沒兩樣的早晨，我在樓上聽到王媽在樓下尖叫。起初我很害怕，以為發生甚麼事。上回她端餐盤從二樓墜下去的事，我到現在還恐懼著。我匆匆忙忙從床上爬起來，披了一件袍子便循著聲音趕去。你知道，王媽對我的意義不凡，我們倆幾乎可以說是互相扶持長大的，我並不希望在我有生之年她出甚麼意外。」

「我知道。」

「就在我走到樓梯口，我聽到王媽大叫『老爺』。一開始我並不相信我所聽到的，應該說是聽到了，但沒辦法反應『老爺』兩個字所代表的意思。其實說的也是，已經有四年沒聽到王媽這麼叫人了。當我一時間愣在樓梯口處無法下樓時，又聽到王媽大喊『老夫人、老夫人，快來，是老爺，老爺回來了』。

「那種感覺很奇怪，我不會說，尤其在颱風前的無雨日子裏，就像是早已注定的宿命，一種強烈的類似安定的感覺突然取代四年多的不安，也不能稱是安定感，祇是一種等待終於結束的悲哀感。很奇怪。

「再一瞬間，我整個人祇覺得我所面對的是將要遠行的你爸，並沒有感到他回來的歡欣或甚麼。不知道，就像是馬上又要送他走。而我的態度也不過像是你爸祇是去隔壁鄰居那兒喝茶、聊天。對於這些，我連是不是用悲哀來形容也不知道。」

「之後呢？」

「我下樓，真的見到你爸。他穿著一件鼠灰色的西服，看起來是不值錢的二手貨。一雙蒙灰的深褐色皮鞋。看到我時淺淺地微笑著。他留了一個右分的西裝頭，臉上的神情比以前要穩重多了。」

「他和你說了甚麼？有沒說四年前那件事？」

「你別急。他是有說到。不過在告訴你這個之前，我想說我見到他的感覺。」

「嗯，那是甚麼？」

「說實在，我現在想想，對於那時的那種強烈而且清晰的感覺仍感到不可思議。我想把這樣的東西清清楚楚地說出來，卻覺得像失去甚麼。不，不能這麼說，更正確應該說是因為身上缺少甚麼，而沒辦法把見到他的感覺說得貼切。

「我下樓見到他後，王媽便急著進廚房煮茶。我和你爸在客廳面對面地坐在沙發上。我不知道你能不能想像女人與一位和她共度幾十年，到頭來卻又形同陌路的男人見面是怎樣的情形。但說真的，我不能想像。

「也許因為這樣，我見到他的時候一種強烈的悲哀感莫名地浮出。很難體會罷。原先對他的恨意也消失了。

其實是你沒見我真正氣他的時候是怎樣的忿怒，所以你會認為我對他沒有做到我應該做到的表態，像是咒罵、怨怒，但說甚麼也不能在你面前和你一塊罵他。一旦跟了一個人，就沒資格說甚麼恨了。是啦，一部分原因是這樣，但我想最主要的原因不在這兒，而是他的樣子。」

「樣子？」

「不，不能說樣子。這裏就是我想跟你講的。我和他在沙發上安靜地坐著，誰也沒和誰先說一句話。在王媽端茶上來前，雖然祇有短短的幾分鐘，但我卻覺得時間不知道為誰停留似的，我們一不小心地掉進沉默的湖裏。而在那短短的幾分鐘內，我終於明白幾十年不能明白的他。以前迷糊以為認識的人，像是早已經死去，眼前坐著這位卻是來報喪的陌生人。

「我默默地看著他，並不能知道他是不是也這樣看著我。太遙遠了，真的太遙遠了。那不是四年多沒見的距離感，而是他身上湧出的一種……放逐的感覺。我不知道是不是該這麼說，就像是一隻長大的狐狸，到了一定的年齡便不會待在母親身邊。這麼說有些奇怪，不過就像是那樣。

「說來，我和你爸結婚也有十幾、二十年了，我到現在才發現真正的他，不，也許甚麼是真正的他，我仍舊不知道。以前他種種的行為，我好像在和他見面的那次中得到了解釋甚麼的。

不過這都祇是好像。對於他那種不可能長期待在同一個地方的哀傷感，巨大巨大地在陰暗中膨脹著，當我轉頭正視時，卻又似有若無地像他吐出的Marlboro煙，淡淡地在他身周圍繞。

「那到底是甚麼東西，我仍舊無法明白。我這樣就像小孩子一般，努力卻不得要領地猜著別人的心事。總之，我一見到他，似乎以前所有的憎怨都淡化像薄煙了。這就像雨天時的玻璃窗，一旦雨珠匯集夠了，便會自玻璃的最頂處貼著玻璃飛快地墜下。」

「嗯，所以關於這四年的事你就……原諒他了？」

「沒有一個人不犯錯，更何況你父親他……」

「你怎不懷疑他在外面有女人？」

「是，有的。我雖然感覺他像飄蕩的枯葉一樣，不能長久停留在同一個地方，也因此對他給我的哀傷感懷有幾分同情，但我仍不能不去相信他在外面另有女人的直覺。你知道麼，當我一這麼想時，仇恨感又慢慢湧現。

「王媽端茶過來後，便去洗衣服了。我和你爸兩人沉默地對坐著，真的是一句話也沒有說，兩個人祇是安安靜靜地聽著颱風前窗外吹的風。我這才覺得這樣沉重的風和你父親的來到是多麼奇怪的事。雖然這麼說，卻又一下子看不出這兩者之間的關聯。我在你爸喝了一小口王媽沏的茶後問『為甚麼不離婚呢』。」

「你這樣問他？」

「嗯，為甚麼不離婚呢？至於為甚麼這麼問我自己也不清楚，祇是覺得事情到了這種地步是必須找一個出口了。然而這樣的問題會造成甚麼樣的後果，我根本沒去考慮。那時我心中泛起他在外面確實有女人的念頭。」

「他怎麼說？」

「他說不。」

「不？」

「對，他說不。說真的，我一聽到這個答案時並沒有感到很驚訝。我在他回答之後看著他，他身上散發出的悲傷感強烈地向我襲來。不、不，應該說是他周遭的悲傷感，因為我到現在仍無法確定那層巨大的哀傷氣息與他有關。那像是一種在外地漂流好幾年突然聽到家鄉語言的感覺。在我眼裏那祇是一圈一圈地把他圍住，仔細地包得密不透風，然後安靜地把我排拒在外的東西。似乎祇有他可以知道在那層哀傷氣息下的感覺。我們都像外人似的，與他毫無相關，而我也不過是一個和他相視對望幾十年的陌生人罷了。

「真的，我那天靜靜地坐在他面前，被屬於他的飄泊感侵襲著，我一時間沒辦法思考任何事，祇在忽然間覺得假如我認為他外面私有女人，那我就錯了。外面的風吹得玻璃晃動發出聲音。他坐在我對面像失去時間一般地看著桌上的杯子，然後慢慢地說：『我不希望離婚。』」

「他既然不要離婚，那要怎麼樣？」

「我也這麼想。一個離家四年的男人，突然回家，要的並不是和妻子離婚，這實在令人感到奇怪。我雖然心裏這麼想著，卻沒有開口問他。在我慢慢地把冷了的茶喝掉，並盯著窗外剛下不久的雨時，你爸又說了一次他不想離婚。之後大概有五分鐘罷，我們倆沉默地聽著透過厚重玻璃窗的沉悶的雨聲，然後他說了一些話。」

「那是甚麼？」

「像是解釋所有事情發生的原因或甚麼的，我不太清楚。不過在我聽他說完之後，我似乎才真的知道某些事。雖然我不能夠把他說的再說一次給你聽，但我想他說了一些一直盤旋在我們心中疑問的解答。然而是不是這樣呢？說實在，我也不能像發生過地震後，清楚地知道確實曾有發生。」

「……」

「雨斜吹地打在玻璃上，我們都清楚地聽到雨聲，他好像是說——

「『我還是希望自己有種歸屬感。這麼多年在外面，我仍舊不時地想起家裏的一切。我問了我自己，我想這不能說是念念不忘。然而這像是一種依舊和這個家生活在一起的感覺，就說是整個人還在這裏活著罷。

就和以前一樣，晨起，我們站在臥房陽台上穿著睡袍看王媽在花園裏澆水，替花桐草剪枝，整理美人蕉的根莖，等明年再開一園子的豔紅。記得她嘴裏還哩哩啦啦唱著片斷、不完整的調子。

下午我們牽著手去後面的小河邊遛達。河面靜靜地泛著夕霞的橘黃，幾隻深山裏的蝙蝠轉幾個圈後停在溪旁喝水。呵，是不是這樣。那兒夕陽暖過的空氣有一點教人記起甚麼的聲音，每次吹起那樣的風，你總是會仔細地摸著圍河的扶把說一些我怎麼也聽不懂的話，那些想起來卻是那樣的真切。

確實，這些不是回憶或離家應該有的記憶。我雖然不在家裏，卻清晰地覺得這是我正在過的生活。

真令人不容置疑。在離家的四年期間，我切確地感覺到家的存在。那種確確實實保有在那裏的感覺，是我在離家時的唯一支柱，像極了在不確定的事物中有一件值得信賴的東西。也可以說我是因為這個切確的感覺而離開家裏的。

說真的，我在外面的日子，就因為這個而覺得有所支持，也因為這樣而前所未見地發現自己生命的意義。對，對，就是這樣。但是雖然這麼說，我卻也因為這個，才發現自己身上有某些不能長時間待在同一個地方的因素。很難明白？嗯，我也這麼想。

但這是真的，總是覺得長時間在一個地方，生命無形地扭曲轉變成一種我們都無法理解的東西，像被關在時鐘裏的月亮一樣。雖然我不知道該如何對這個多做解釋，但我感覺若是說給你聽，你一定可以比我更明白。

有時候真是這樣，祇是等我們都發覺時，又似乎像少了甚麼。強烈對於同一個地方的不耐感，在我身上卻像是理所當然，不發生反倒奇怪。嗯，似乎是可以這麼說。

然而在我剛開始發覺我不能待在同一個地方時，我真的想馬上告訴你，就像現在一樣，把關於這一切的所有情形告訴你，可是事情是那麼地急著發生，我好像也祇能等一切事情至少過一半後再說給你聽。

讓我想想，或許真的是遠方有甚麼在吸引我，甚至透過空氣正吞噬我。在很遠很遠的地方，不知道是誰輕輕唱著召來之歌，充滿這歌的香氣的風就這樣一片片地和我呼吸的氣息融合在一起。

像這樣，或許真的不是我的不耐感在身體的最深處呼吸著，而是來自遙遠一方那種任何人也不能了解的空氣一樣。就像是我們之中每一個人年幼時都做過的夢，那種熟悉感、那種記得在哪裏聽過的聲音，我想那是在我生命中很重要的東西，而你也一定能明白』。」

「他，他就這麼說了。」

「就這麼說了。我到現在想起來，還覺得這好像一些破碎到我無法一一修補的夢一樣。

「他說完了之後，我突然間發覺我們又被無聲的沉默所包圍。也許是我仍舊驚訝於他的一番話，致使我在他說完後沒說任何話。不，不，也不能這麼說，其實在那時候，我根本就不對他的話感到驚訝，祇是後來想想，也許也祇能用驚訝或錯愕來形容我當時的情況。

「我是不是該說些甚麼，我到現在也不清楚。真的是這樣罷。好像在一切都發生了之後，我們就會相信這些都是真的，甚至會覺得有些宿命。不過我想，在一切都尋到有關自己的定位之後，反而是我們要去承受更多失去或者破裂的東西。」

「那，爸現在人呢？」

「不知道。」

「不知道？」

「嗯。在他喝完王媽沏的茶之前，再也沒說任何話了。我們靜默地聽著窗外不久前才開始的交加風雨。喝完茶後，他安安靜靜地站起來，扣上西裝扣鈕，像布拉姆斯的第四號交響曲剛完成一樣地站在沙發和茶几之間。

「大概六、七分鐘之後，他說：『我該走了。』我瞧了大門旁的落地玻璃，知道是不可能留住他，說更明確一點是我已經把他來即又走的事，化做我生命的一部分。我已經是在送行了。

「一開始那種等待終於結束的悲哀感再一次的出現，像是總算有個終了一般地從我腳底、膝蓋、腹部一直冒出來。我在被這些悲情的感覺慢慢地流穿時，目睹王媽送走了你爸。

「王媽是不是有喊我去說再見，我一點也記不得。祇是一個人坐在沙發中想著這一切是怎麼開始的。好像就是這樣，至於你父親那天到底有沒有來，我到現在仍無法確定。祇能每次、每次地告訴自己確實親手收了桌上的兩只茶杯，以這個做為在我生命中用來區分真實與夢幻的界線。」

「……」

「說了好多，又害你電話費增加不少罷。」

「媽。」

「甚麼？」

「你會不會把這件事寫起來，像小說或散文甚麼的？」

「不知道，倒是我第一次說這麼多話。在事情發生過後，我想了很久，決定要把這些事完完全全地說給你知道，畢竟你不是孩子了。」

「嗯。我曉得。」

「好了，我就講到這邊。畢業後，就好好去做自己想做的事，有空就常回來看我和王媽，多打打電話，可別讓我再念你怎不打電話回來了。知道麼？」

「知道。媽自己好好保重。」

「要不和王媽說再見？」

「不了。」

「好，好。那你就好好照顧自己。」

「嗯，媽再見。」

「好，再見。」

一九九六年八月六日

香菸

原載於同位數電子報「一百種戀人／戀物」專欄

他不是我碰見第一個會抽菸的男人。

卻是我生命第一個菸草男人。

第一次看到他的時候，他左手夾著菸嘻嘻哈哈笑著店裏同事的八卦。左手食指與中指間嬝嬝繞起的Marlboro藍煙搖過我們面前，我聞到一種乾草被烘乾的味道。我皺了皺眉。

男人抽菸似乎就是多了一點權威與魄力，也因為這樣讓我印象特別深刻。他舉過原先靠在腿上的菸，放在下唇，輕輕靠上上唇後眨眼，吸菸。似乎吸進去的不祇是空氣與燃燒木質煙霧，當他張開一瞬眨上的眼睛時，我注意到眼中閃映著甚麼。

「你是R？」他側頭把煙噴掉，問我。

之後我和他熟絡起來，下班後幾個朋友在電音吧穿梭遊盪著。我看著他們想到我另一群與他們截然不同的朋友，那是一群文藝人，混南方安逸、2.31，用酗酒的方法喝著咖啡，唯一相同之處就是抽菸。

一次凌晨五點離開TeXound，我和他借了放在機車行李箱裏的薄外套。是焦油的關係罷，我聞到衣服上一股淡淡的菸草味，和平日與他們聊天時聞到的菸味不同，很清楚這是草的味道，清香透著一點憂鬱。

凌晨的薄光在陸橋的一端發出涼涼的顏色，深吸氣，除了他外套上的淡淡菸草味，就是混著菸草味的冰涼空氣。

他的笑容很豪氣，與其他男人那種前俯後仰的笑不一樣，兩顆乾淨的小虎牙從唇縫中稍露了白，整個編貝的齒就像唱歌一樣開展出來。我常常望著他出神。

他總是在抽菸。

他周遭的一切好像也都跟著他抽菸。

他的衣服有菸味、他的頭髮有菸味、他的手指有菸味、他的皮夾有菸味、他的手機有菸味、他放在電話簿中的十多張相片有菸味、他的ESCAPADE表有菸味，就連他說的話、他的笑容都有那麼一絲草木被烘乾的味道。

「為甚麼想抽菸？」我曾經這樣問他。

指尖淡藍色的濃霧分成兩道、三道蠕扭著上了頭頂、更高。我看著不絕發煙的火紅菸頭，捲紙燒得特快，讓中間紅猩的菸草堆成了尖尖的角錐。

他順著菸灰缸繞了一圈菸頭，比起敲擊菸灰缸或用食指點扣著菸抖落菸灰要更多一分憂傷。然後，他將尖錐的紅熱菸頭垂直輕按著菸灰缸，原本角錐的形狀立刻平扁，安分地繼續燃燒著。菸紙仍微冒著煙把焦黑推開來。

他習慣將未拆封的新菸在左手背上敲擊，他說那樣會讓菸草堆擠得緊密些。

上周六離開下班後必定一夥人聚集的cat，每個人微醺地發著車互相道別，他則半靠在自己的車上抽著菸。

「還不走呀？」我看看他。

他睜睜地扔掉菸朝我走來，坐在我身旁的速克達上。

「你怎麼老看著我？」

啊？

「我說，你怎麼老盯著我看？」他舔舔上唇。

「有麼？」

他濛著眼聳聳肩，低著頸子搖搖頭。

我看著他有些輕蔑的笑容。

突然他一翻身竟整個人地壓在我身上，閃避也多餘，溫熱甜溼的嘴唇就這樣地翻黏在一起。我嗅到甜美的龍舌蘭酒味，cat調酒師高妙的調酒技巧從他的嘴中毫無保留地溢出來，甜橙酒的氣味像是直衝著我來，夏日午後整棵橙樹的味道也不過如此，但這些，似乎還是少了甚麼，甜橙、仙人掌、橡木桶，還有甚麼？

他的菸味。

他的菸味在嘴裏變成了一層又一層的鉛鹼味，我想到小時候買豬血糕，總愛在等老闆弄豬血糕的時候搓著口袋裏的銅板，給過錢、接過豬血糕的手就是這種味道，溼甜地在我的嘴上擴張開來。

然後可以清楚嗅到的是一整片的青草味，整把整把青刈下來的狼尾草在正陽下曝晒著，蒸騰的青草甜香與草原上剛刈割完還未整理的土地有一樣的氣味，這種香味很淡，有著幾乎祇要人一出生就能辨識的熟悉感。那種味道並不是給人用來聞的，而是讓人可以在上面玩耍的。

他的一手搭著我的肩、一手扶著我的腰埋首告訴我甜橙和青草交配的愉悅。

正當我體驗到自己正是在和人接吻時，我突然感覺我親的不是他的唇，而是自己的唇，我的氣息與想法穿透他的嘴流洩到我的嘴中。我的初吻，我第一次嘗到自己嘴唇的味道。

凌晨三點半街上一輛車也沒有，穿梭過的祇是我們概念中的車與來往的車後紅燈。

時間過了多久？

我在哪裏？

是甚麼時候了？

「你喜歡我？」他在後來這樣問我。

跟他分手大概也有四個多月，原因是他原來的男友退伍，想和他繼續在一起。幹，整整半年我不過是個代替品。

「啊，這麼慘呀。」K把手裏最後一塊牛肉乾塞進嘴裏。「你喜不喜歡他？」

「重要麼？」我苦笑。

「如果你喜歡過他，那，就夠啦。」

我喜歡過他麼？連我自己也不曉得。

「應該罷。」可是他不喜歡我呀。

「你會不會覺得當你知道他也許不喜歡你的時候，你也跟著弄不清自己到底喜不喜歡他？」他嘟嘟嘴，「好像之前許多的甜蜜都祇是一場夢，醒來之後才發現自己其實根本不想睡。」

他站起身把牛肉乾袋子丟進垃圾筒，回到沙發坐下時把電視用遙控器打開。恰地一聲，電視裏的聲音像夏夜裏的蟬鳴，一瞬塞滿了我身周的空間。我、K和這整個空間更靜了。

「他是誰？」我抬眼看了螢幕。

「郭金明呀，你沒聽過？前兩周出了唱片，現在紅遍大街小巷。」

電視上的女歌手頂著一個蓬蓬頭，很捲很黑，身上穿著流蘇黑皮衣，她揮動滿是肌肉的手臂，開始唱歌。

「哦，我聽過，這首歌我聽過。」

K把電視開得更大聲些，郭金明的歌聲像預言一樣地從電視機裏傳出來。K放下遙控器拿起茶几上的dunhill。

「都四個月了，有沒有甚麼想法？」他一邊敲著菸盒一邊問，眼睛仍盯電視。

甚麼甚麼想法？

「再找人呀。你不是那種沒有愛情會死的人，四個月過去了，我跟你認識好歹也有五年，我知道這四個月對你來說非常痛苦、很難熬，但再找人就是了，不然還能怎麼辦？我們這麼久沒碰面，半年前你來我的店找我，那時的神采飛揚，現在就應該忘記。」

「怎麼忘記呀？」我有點惱怒，覺得來找他談心卻被譏諷。

我喜歡他麼？

「怎麼忘記？」他恰地一聲用遙控把電視機關了。「就像這樣把他忘記。」電視反悔了，咻一聲把所有的聲音都收回去，被收走的似乎不祇這些，我覺得客廳也突然比剛才暗了一些。

他夾著菸走進房間，客廳祇剩下我及郭金明頂著蓬蓬頭的影子了。四周的聲音全熄了，僅有的祇是我緩慢的呼吸聲及電視映像管冷卻下來的嗶剝聲。

我拿起K擱在桌上的菸。白底灰線的dunhill，和他抽的紅白Marlboro不一樣，但都是菸。我不抽菸，所以總是分不清甚麼牌子、甚麼包裝，在我眼裏看來都一樣，都是菸。

打開菸盒，一種熟悉的氣味立刻湧起，我靠近鼻子聞聞，這些味道呀。青草被烘乾的香味、林子裏枯枝交疊的味道、紙片經過一整個世紀之後的焦黃、閉塞在空間裏的潮溼與乾燥的拉扯、一頭甜橙的綠樹、學技三年調酒師搖晃shaker的聲音、bar台上杯壁凝著的水珠、他笑起來像在唱歌的牙齒。

我喜歡他麼？

我忿忿地塞了一根菸進嘴裏，我從沒抽過菸，但這一刻卻像是使命一樣地不自覺將K的菸點著。

應該是吸氣罷。

我盯著打火機上的火被吸引、扭動，領著菸頭發紅。白色的菸捲紙一時間暗了下來，變褐轉黑，但又馬上披上悲哀的白色。

我默默地吸菸，像與生俱來一樣。

就在第一口菸充滿我的嘴時，我哭了。多麼熟悉的味道呀，多麼熟悉。

煙盤在我右手的食指及中指間，很慢很慢地往上捲，繾綣地在昏暗的客廳扭舞著，稀藍的煙色阻隔我望向電視機的視線，在不知道多高的位置變薄、散去。

眼淚就這樣從雙眼不斷地湧出，我任憑手中的菸在黑暗中燃燒著，無法再抽第二口，抽播地呼吸讓我忘了自己在哪裏，我大聲地哭。

我喜歡過他麼？我不曉得。

「一包七星。」我從褲袋掏出錢。

接過菸後我將菸往左手背敲擊。一出便利店就撕開包裝抽出第一根菸。叼上、點火，動作再流利不過。

我拉拉衣領走進公園。今年冬天來得好早。還好今晚沒下雨，公園裏的人還算不少。剛過十一點，我深吸一口菸，整個胸口覺得暖暖的。

選了一張椅子坐下後清楚地聽到左前方兩個人的對話，我輕輕地笑了笑。

「你看起來還像是學生。」

「嗯，你在上班？」

「對。咦，那你不就……大三？」

「快畢業了。」

「常來逛？」

「還好，你呢？」

「……」

「……」

「你有lover麼？」

「沒，你呢？」

「沒人要哇。」

「……」

「……」

「你是做甚麼的？」

「電腦硬體。」

「哦。」

「……」

「……」

「要不要，到處走一下？」

「嗯。」

上班族與大三學生起身離開我的視線，由於他們身後的樹叢太黑，一轉身，他們的身影就隱遁在夜色中了。我看著他們離去的椅子，若不是有剛才的對話，真的會讓人以為從天黑開始那張椅子就再也沒人坐過了。

我把最後一口菸整個地吸進嘴裏，然後用手指的力氣把菸蒂彈得老遠。公園裏來來往往的人隨著夜增多了起來，我又點了一根菸叼在嘴上。除了嘴邊的一圈空氣外，冬天一絲絲地穿透衣物貼近身子，連骨頭都覺得冷。我起身在我占據的公園椅周圍晃著。

來往的人彼此盯著對方，藉著路燈、月光、街上急行的車燈，滿足自己的幻想。我留意到一個從我第一根菸抽完就望著我瞧的小夥子。

他站在右前方的樹下，紅色混著白的運動夾克配全黑的牛仔褲是十分性感的穿著。他祇是這樣遠遠地望著，沒有向前與我談話的意思，甚至連一個微笑也沒有。

一陣風吹過來，我指間的菸一時間燒快了些，藍色的煙霧在黑夜中格外明顯，除此，就屬菸尖的火紅頭端了，即便是在樹叢中黑不見臉的地方，男人們還是靠著菸頭的猩紅吸引著彼此。

菸一下又抽到了底，趁著炙熱還沒襲上手指，用力一彈，火紅菸頭帶著濾嘴海棉一併飛到情欲的另一頭。

「熄都沒熄就丟？」

側頭一看，是那個性感小子。

我沒回應，身子往前一傾，雙肘靠在腿上笑了一下。

「很危險呀。讓我坐這兒罷？」

「坐。」

「你知道我在看你麼？」

我點點頭覺得好笑。

「你都不會想來跟我說話哦？」

「一直都是你在看我……」我轉頭看看他，「不是麼？」

他留著一個短頭髮，剛硬的短髮緊貼著頭，在我轉頭看向他的這個角度，是相當不錯的頭型。稀薄的眉毛掛在小小的眼睛上，他繃了繃嘴也轉過頭來看我。

「在念書？」

「嗯。」他皺著眉頭，「你呢？」

「也是。要不要？」

我拿出菸盒問他，他搖搖頭，然候看著我打開菸盒、抽出菸、叼上、點著。

「你抽得好兇。」

「還好罷。」

「已經第三根了，從你一坐下到現在。」

「不然……熄掉？」我順勢把菸夾上指間，想將菸彈出去。

「不用啦，少抽倒是真的，這種東西沒甚麼好處。」他皺皺眉毛，「為甚麼想抽菸？」

我又轉頭看他，他一臉疑惑地盯著我。我聳肩深吸了一口氣。

「你有沒有男朋友？」我反問他。

「有就不會來了。」

「沒有？那有沒有喜歡的人？」

「很多，有名沒名的都很多。」
「有名沒名？甚麼意思？」
「有名的像吳鎮宇、王喜呀，他們的戲我幾乎全看過，很迷哦；那沒名的有三個，我們系上的一個學長、鄰居和我姨媽的乾兒子。」
「就這樣？」
「其他我才不告訴你。」他仰身靠著公園椅的椅背。「你管那麼多？」
他說完，原本靠著椅背的身體像被整張椅子融進去一樣，看起來舒適愜意極了。
他仰著脖子慢慢地呼吸著，雖然天氣寒冷，但格外清澈的星空讓人不得不愛冬天的夜，這安靜的一刻維持了好久，直到我察覺我整個人斜傾著身體親吻他時。
「呃……對……對不起。」我感到一陣尷尬，左手不住地抓著頭髮。
他沒說話，祇是抿著嘴看我。
「對不起……」
「你身上好香喲。」
啊？
「我說你身上有一種香味。」
我左右肩地嗅著。
「甚麼味？」我根本就沒有擦香水的習慣。

他傾身聞聞我的肩，深吸氣然後皺著眉頭。

「香味。」他的眉頭皺得更深，「不會形容。你有沒有擦香水？」

我搖搖頭，舉臂嗅著。然後再傾身吻他。

是菸草味罷。

是菸草味罷，我想。

這半年來我像有了菸癮一樣地抽著菸，每天兩包是最基本的量，當手中藍色的濃霧緩緩升起時，我才好像得到救贖一般，對於菸，我的想法也變成最單純的抽與不抽、昇華與不昇華而已。

五個月前我試著撥電話給我認識的那位菸草男人，電話已經改號，提示空號的語音在藍色的煙霧中反覆地響著，而我，也在每個月的最後一天聽著這樣的反覆告訴自己：這是僅剩的。

但如果，除此，還有甚麼，我想應該是商店架上一整排，我從沒試過的Marlboro菸罷。

二〇〇〇年六月十五日

這篇小說細膩的寫景將感情的軌跡蘊含其中，編輯小熊「推薦必讀」。

筷子

原載於同位數電子報「一百種戀人／戀物」專欄

豪爾扭動著食指與拇指，試圖夾起小碟中的花生。我逗趣地看著，豪爾學用筷子已有一個月了，看他笨矬的樣子，不再妄想他能自盤中夾點甚麼。

「東方人好厲害，兩根木頭就能夾東西。」

「所以不叫木頭，叫筷子。」我的目光從他的手指移上他金黃色落腮鬍的臉，「在你手上才叫木頭。」

他傻笑。

「要不要用湯匙？」我問。

他搖搖頭，雙眼死盯著小碟裏滾動不已的油酥花生。我側身向女服務生要了小湯匙。

「不可能，不可能……你再夾一次好不好？」

我舉起右手緩緩地移至亢奮底花生的上方，兩支烏紅的圓錐筷子像預言降臨一般停滯在花生碟上，筷子頂端鏤著一粗一細的銅紅金飾，而筷子頂部用一片既圓又巧的金片鑲蓋著。烏紅的筷子雖然是餐廳的進食工具，但保養得當，通體亮著黝黑的色澤。兩支筷子方向相反地同步靠近花生，輕輕地，抱個滿懷，整個花生就隨筷子浮到了半空中。

我將花生送進嘴裏。

「容易？」

我點點頭。

這一個月以來，我用同一隻手、不同筷子不知道夾過多少東西給他看，花生、叉燒肉、水煮花椰菜、滷蛋、拉麵、芥茉黃瓜、魚下巴、青江菜、百頁豆腐、紅燒獅子頭、陽春麵湯上的小蟲、冰塊、筍絲。

「別搞了，我跟你喝一杯。」我把桌前杯子的啤酒加到滿出來，「敬你來台灣一個月還不會用筷子。」

他小啜了一口酒，又繼續研究眼前的那盤油酥花生。

「你有打算休假回德州麼？」

「沒有。」他搖搖頭，慢慢把身子坐直。「老闆應該不准罷，我才剛來台灣一個月。」

「不試怎麼知道，你老闆有我老闆怪麼？去問問看，說你想家。」

「呃，他會說多打電話就不會想家了。」

一個胸前噴滿油漬的瘦高男生端上來炒龍鬚菜。

「不然說你老婆要生了也可以。藉口至少有一百種，看你講不講而已。」

「我還沒結婚，也有沒老婆，所以這個理由不好。」他翻翻騰著煙的菜，「沒差，反正我沒那麼想回去。」

我嗯了一聲拿起酒杯，右手衣袖竟不小心勾到一半露在桌緣的筷子，喀啦一聲兩支赭紅的圓箸就躺在地上了。

我側身彎腰撿起。

「我幫你拿雙新的罷。」他揮手叫了服務生。

「工作還習慣罷？」

「還不就是工作，和在美國做的是同一件事，把電腦零件組裝成客戶要的樣子，會有多大差異，沒甚麼習不習慣的問題。」他將新筷子外的紙包裝撕開，把筷子遞了過來，「倒是這筷子整慘我了。」

他看著桌面的筷子，然後拿起來試著用右手控制它，但兩支筆直的烏紅箸就像殘廢的四肢，生硬地擺動著。我留意到因為他使用筷子的方法是我教的，所以他和我一樣用右手的拇、食、中指夾住筷子。一支筷子腹貼著無名指第一指節側面，位置較上方的一支像蹺蹺板地以拇指為支點，運用中指尖與食指腹來控制筷子的動作。

我看著龍鬚菜的煙漸漸消散，突然隔壁座位的女孩輕嚷了一聲，我轉頭看看窗戶，下雨了。

再工作兩天，我在這間跨國電腦公司就滿一年，總公司在美國，台灣祇是分公司兼台灣區產品銷售負責。我在我的日曆上寫下「工作一周年」。下午四點三十二分，我的電子郵件信箱傳來同事明天晚上約我一起吃飯的信件，包括別的部門，大約五、六個人要去。我撥電話給豪爾問他要不要也一起來，然後將電子郵件轉寄給他。

雨從那天和豪爾吃飯後開始下個不停，大夥兒一下班就直接從公司搭計程車去餐廳。雨中街上的車子都緩慢地行駛著，我貼著窗想著這幾天心神不寧的原因，是工作太累了罷。我呼了口氣在玻璃窗上。

西式餐館賣中式菜的情形在我住的都市愈來愈普遍，我們一行人溼漉漉地進了餐館。

點了幾道四川菜，溫熱的酒先端了上來。我起身幫大家斟酒。

「幹嘛，又沒叫你請客，這麼殷勤地幫我們倒酒呀？」軟體測試部的一位三十多歲的男人說。

我笑一笑，不知道是不是冷氣的關係，頭隱隱地抽痛。

「人家紳士好不好。」一位上班總是穿黑色套裝的女人幫她身邊的男生撕開免洗筷的紙套。

「就我們七個人呀？」

「好像，豪爾不來，是不是？」臉上有一片淺褐胎記的女人說。

男服務生端來宮保雞丁，每個人開始挪動自己桌前的餐具，有人這時才撕開筷子的紙套，並將併排的免洗筷扳開，有些人拿起早就自紙套抽出的筷子，左右磨了起來。

我看著每個人的動作，那是在吃東西前的動作。宮保雞丁靜靜地擱在桌上，白煙薄薄地飄蕩在雞丁的上方不肯離去。我突然想到豪爾若是看到雞丁中的花生，一定又會皺眉。

「來罷，吃罷吃罷。」

我的同事右手挾著筷子在空中吆呼著。

大家將筷子伸進盤中夾取自己要吃的菜。我也將桌上的筷子拿起來，撥掉外層的紙套。

「豪爾還好罷。」硬體維修的男人看著我嚼肉說。

嗯。我點點頭，喝了口酒。

「他應該還好。我看他人很好，不像我之前帶那一個，超怪的。」胎記女人說。

「哪個？」

「就頭髮短短，做沒幾個禮拜就不做的那個女的。」

「對呀，豪爾是我看過很不錯的外國人。」硬體維修的男人邊吞酒邊說，「負責帶他其實不難。」

「豪爾怎麼沒來？」

「他要趕一個case。」我嚥下肉塊。

豪爾來這裏我其實也沒幫上甚麼忙，祇是在考慮要帶一個外國新人時，他們想到了外文不錯的我，然而豪爾的國語好到對話時不需要再佐以英文。

「噢。」黑色套裝女人突然叫了一聲。

大家停下動作。

「這筷子會扎手。」

黑套裝女人張著右手虎口，左手小心推著虎口的皮肉看著，眉糾結在一起，她身旁的男人把手接了過去，反襯著燈光打量研究著。在公司他們是很公開的一對，聽說明年六月結婚。

男的推了推眼鏡，貼近了女人的右手瞧。詳端一會兒，女的咬著牙讓男人把扎進皮裏的木屑給挑了出來。

我看著被擱在桌上的木屑刺及扎手的筷子。該上的菜都齊了，黑套裝女人用溼紙巾按了按虎口，夾菜進小碟中。

今年冬天走得好慢，三月過去了仍然鎮日淫雨。這兩天沒事，我把辦公桌整理一番，在最裏層的抽屜翻出一些舊照片，是去年員工北京旅遊的照片。我一張一張地慢慢看著，幾張甚至因為潮溼還沾在一塊。

我撥著回憶前行。

有我和整個部門在紫禁城的合照、櫃台小妹與我靠著黃土牆的照片，突然我注意一張合照，那是我和一位比我矮些的男人在餐桌咧嘴大笑的照片。

他是我前一任男友，雖然不是我們公司的員工，但以家屬之名，他也和我們遊了一趟中國。

那是一張桌上盛著北京酸菜火鍋，我和他拿著餐廳一呎半象牙筷子的照片，我跟他嘟著鬼臉，爭著擠到鏡頭前現醜。桌上華麗的菜色與臉上歡騰的笑容讓小小的照片成為最多的回憶。

我捧著相片發呆，我和他在相片裏全然不知一年後的我會在辦公桌抽屜發現這照片，然後望著他們想起許多事。辦公室的暖氣停了麼？好冷。

晚上一個人去吃家後巷的自助火鍋，三月天，空氣仍冷得不像話，竄進火鍋店候位，發現人不少。過了農曆年後可能因為整個市場經濟不景氣的緣故，每個人的臉上鬱著不爽朗的神情。

坐在我對面的小孩哇哇的叫聲，響著整個柴魚湯味的火鍋店。小孩興奮地用筷子夾著生鮮到火鍋中，不熟稔的筷子在手中搖搖盪盪。小孩手細，整個手掌貼在筷子末端，與食物祇有十公分的距離。

小孩雖然生疏拿筷子，但手指卻努力地捏著，我仔細一瞧，右手的食指生硬地抵著筷子，拇指從筷子腹用力掐著。這是與我完全不同的筷子拿法，我瞧瞧我的手，筷子托在無名指上，拇、食、中指同時捏住筷子，我想起豪爾的手。

小孩的父親挾了燕餃傾身給小孩，我注意到父親托住筷子的中指。是和小孩一樣的筷子拿法。是一樣的拿法。

我輕轉頭發現小孩的母親也用同樣的方法拿筷子，食指、拇指捏住筷子腹，就像拿筆一樣，拿著吃飯用的筷子。我愣住了。

像被提醒了甚麼，我轉頭查看著身周的客人，那些父子、家人、情侶、夫婦他們都像約定好了一般，大家使用同一種方式拿筷子、夾著菜。我想到豪爾。

火鍋水滾，白騰的蒸氣熱烈地在鍋上翻湧，我突然一點食欲也沒有。我把已經從紙套中抽出的免洗筷，重新塞回紙套中，離開座位。

「兩百三。」櫃台小姐說。

我從公事包中取出錢包付帳時，發現下午那張餐桌前的照片竟夾在皮包間。我付了錢，衝出店外，扶著騎樓柱無聲地抽泣起來。

我躺在床上聽著豪爾平穩的呼吸。沒有點燈的臥室映著對面鄰人客廳的日光燈，青白地漾在空氣中。

側身的豪爾沉沉地睡著，我撫著他金色的髭鬚，聽著夜裏窗外飄蕩著些微聲響。夜沉寂的時候，怎麼樣也想不到白天的景象竟是我們熟悉的。

和豪爾相處三個多月後的一個周六下班前，他打電話給我，要我和他在一起。

我深深吸著夜裏冰涼涼的空氣，整個胸脹滿了夜晚的清香。幾天前下了整個冬天的雨終於停了，躺在床上稍稍探身，就可以看見闃黑的天空浮著微雲。

我想起一個多月前去火鍋店的事，那天像被喚醒甚麼，在騎樓下我聽著綠燈時車輛快速往來的聲音、對面成衣店叫賣的吆喝、五步之遙用手機聊天的女人的聲音，雨滂沱地下著，我聽不見自己的哭聲。

一滴眼淚也沒有地乾咳著。

豪爾翻身，扭著身體背對我。我輕輕前俯靠著他的背。是這樣的。

我的手指感受著他的體溫。我親吻著他的頸子，他用手指纏住我的貼在他胸口的手。

我聽著他緩緩地呼著氣，慢慢睡去。

二〇〇〇年八月十二日

下雨

原載於同位數電子報「一百種戀人／戀物」專欄

認識他整整兩周。

自從由師大路搬遷至敦化南路後，我過著平淡的生活，上一段感情的創傷太大，我將前任男友的物品全數送給朋友，將合照揉皺塞進搬家時的大垃圾袋中，換了市內電話及手機，將會是新的開始罷。

我這樣告訴自己。

搬至敦化南路有不少原因，距離公司衹要十分鐘步程恐怕是最主要的因素，當然這裏的生活型態與師大路不同，一入夜後，附近的巷弄就闃靜無聲，僅鄰人居民的電視聲響在窗邊輕擾著，與師大夜市、學生的熱鬧大有天壤之別。

我開始過著固定的生活，早上九點上班、晚上七點下班，回家途中吃過清淡的素食自助餐，小玩最新出品的電腦遊戲後，晚上九點準時向台北知名的健身房報到，十一點回家，一點上床入眠。緊湊而固定。這樣的日子過得很快也很自在，我甚至會懊悔自己之前為愛情付出的淚水與氣力。早上愉快地聽著音樂，打點上班的事物，晚上就寢前哼著歌將除溼機移進廁所，吞兩顆維他命入夢。

由於搬家時換了電話號碼，也懶得告知朋友，所以整個禮拜可能連一通電話也沒有，我獲得完全的安靜與自由。雖然孤單總會在睡前悄悄地襲上枕頭，但當隔日早晨的陽光透過水藍色的窗簾將房間染成水色時，我感覺得到自己的存在。

然後我遇見他。

十二月，台北開始受滯留鋒面的影響，下著不知何時會停的雨。

「沒帶傘呀？」

公司同事撥著溼漉的頭髮推開門，我瞥了一眼。

「早。」我說

「原本以為祇是小雨，騎一半卻變大，卡好，全溼了。」他回應著問話的人。我把目光移回電腦螢幕。

「晚上去健身房罷。」

下班時，雨還是靜靜地落著，大樓裏的上班族全擠在大廳，或打傘或穿雨衣。雨從上周六開始，就像受了不可違逆的使命一般，撲撲簌簌地在耳邊低鳴著，由於雨天天色昏暗，進了室內再出門時，總覺得景色沒變化，有時根本弄不清是上班還是下班離開。天暗。

晚上做完五十個推舉、五十個仰臥起坐、三公里慢跑後，已經十點過十五分，淋浴間滿是人潮。我索性先進蒸氣室。

一推開門飽含水氣的白霧向我襲來，我瞇著眼將門一把推開。

「噢。」

門後有人用力將門擋住。

「對不起。」我連聲道歉。門後被撞的人搓著右肩糾著臉。

這間台北市知名連鎖健身房慰藉了都會人的空虛，無助與寂寞的時間在跑步機的軸帶上糾葛。

回家的路上，我繞到隔壁巷看鴨子，那是一對老夫妻養的寵物，兩隻汙白色的北京鴨被關在大型犬的鐵籠子裏。陰著雨的夜晚，暗處祇見兩團汙白瑟縮。雨勢大了起來。

一直以為自己已經不再需要感情。

每天睡醒上班、下班運動，固定的生活作息讓周遭的一切變成習慣。搬來這裏兩個多月，早餐僅吃巷口豆漿店的荷包蛋燒餅及溫豆漿，晚餐祇選擇附近唯一的素食自助餐。所有的感覺都逐漸沉澱下來，似乎連愛，都顯得多餘。

大雨仍舊下著，我又在同一間健身房的蒸氣室撞到人。

一開始我擠著眉，頻頻點頭致歉，是他先發現我就是兩天前撞他的人。

他是不是我喜歡的那一型？我到現在還有所保留，祇是在我遇見他時，一種深深的感覺被喚醒了。我這麼想著，兩隻北京鴨甩了甩頭又蜷著腦袋睡著了。

每天晚上十一點他都會自山上打電話給我，由於系所去年搬遷至山上，比一般學生單純的山居生活也因此開始。他說這沒甚麼不方便，摩托車油門一催，上哪都行，所以周末可以下山看我。由於他的課業繁重，我們多半耗在咖啡店至深夜，他寫作業，我看小說。

從來不知道深夜的咖啡店這麼多人。

周一上班時，和我同時玩同一套遊戲軟體的同事過來問我某個迷宮的路線。

「哦，這樣啊。左邊不用去？」

「嗯，左邊沒東西，浪費時間而已。」

「你玩到哪？」同事一邊收著我為他畫的地圖，一邊問。

「早就沒玩了，前面還覺得很有趣，可是後面的迷宮又多又大，有點無聊。」

「那你晚上不就沒娛樂了。」

娛樂？

我閉上眼深吸了一口氣，兩個多月來，我過著連一點感覺也沒有的日子。已經兩個月了？所有感覺都逐漸消失的日子過得真快。我需要娛樂麼？我輕蔑地笑了一下。

傍晚的時候，山上的學生打電話告訴我今天晚上會下山，通完話，我在路邊把手機收進背包，戴上安全帽哼著歌催油加速回家。

已經下了兩周的雨仍然肆虐著，台北多處的馬路因為低窪積水，車輛行經時紛紛濺起水花。冬季冰冷的雨水將手指凍得蒼白，水滴因風細細地鑽進手腕的雨衣縫中，我打了個哆嗦，皺皺鼻子。雨勢太大，安全帽的擋風遮罩完全模糊。

我的感覺在哪裏？

記得曾經夢到自己死去，一個人立在床邊看著父母及妹妹圍著低泣，那種感覺好真實，就像真的發生一樣。然後我夢到我的靈魂陪著辦過喪事後第一次回學校上課的妹妹搭公車。我默默地坐在她的後方，雖然知道她看不見我，但強烈的感覺告訴我，她感覺到我的存在，她感覺得到我就坐在她後面。

這時，她慢慢地回頭，但是她看不見啊。我哭了，濛濛的一雙眼看見她也哭了，流下悲愴的眼淚。那一刻我多麼想大喊，我就在妳面前，妳和爸媽並沒失去我。

當我哭著醒來時，全身顫抖，在冰涼陰暗的房間裏，那種感覺好逼真，就像真的死過一回，而此時此刻醒在床上，不過是死去的我的幻想罷了。

我在黑暗中回想著夢中巨大的悲戚，這是我幾個月來第一次真切地感受到甚麼，也是幾十年來第一次哭泣。昏昏睡去前，我想起我失去了好多。

下了山的他約我在咖啡店。晚上十點剛過，我在咖啡店外將安全帽收進機車行李箱中，在店內用手提電腦趕著作業的他神情專注，我倚著機車望向他，店裏氳黃的投射燈將他細軟的髮絲映出光澤，除了他，最裏邊桌是一群嬉鬧談笑的大學生。我低頭想想，從認識他到現在，祇有七天。

不間斷的雨勢造成了台北多處低窪地區嚴重水患，報紙新聞敘述民眾開始將責任目標轉移至政府，一邊搶救災勢，一邊咒罵政治。我能夠換穿的襪子都穿過一回並泡在肥皂水中，怎麼辦？

周日的下午撐著傘到隔壁巷看鴨子。雨勢非常大，剛走沒幾步，膝蓋以下全溼了。站在養鴨的不鏽鋼大鐵棚下，我把傘收起來，水珠一匯聚，便順著傘尖陰溼地面。生鏽的大鐵籠與許許多多的雜物一併被放置在牆角，由於不鏽鋼鐵棚的關係，鴨子不致挨雨，但因四邊僅有支撐的鐵柱，風吹還是得受寒。

我站在比街道更為陰暗的鐵棚下，兩隻鴨子相偎取暖，冰冷的空氣混著一絲飼料糞便味，我盯著鴨子緩緩地呼吸。雨聲延綿，能夠解釋甚麼？這場雨從未有歇止的跡象，雨水拍打萬物的聲音，竟不知不覺地成為生活唯一的證明。

我慢慢地蹲下，臀部瞬間感覺到溼透的褲管，我聞到更多的氣味交雜在飽含水氣的空氣中，兩隻鴨子仍一動也不動地蜷在狗籠的一隅。

在認識他兩周後的星期六早晨，我撥電話找他，語音提示我可以留言或掛斷，在接近晚餐時，我錄了請他回電的留言，然後等候自己的手機到周日的深夜才沉沉睡去。

五天後再撥電話依然不通，留了言之後發現可能再也連絡不到他，黯然切斷空響著嘟嘟音的手機，除非他來電。想是從我的生命中離開了罷。

雨下了整整一個月，在許多人開始放棄回憶陽光暖烘的滋味時，雨像想起甚麼一般地停了。路上的水漬亮著灰藍色天空，房子悶著霉味，空氣依舊冰冷。我吸著濃厚水氣的清冽空氣抱頭痛哭，關著窗的房間仍聽得到簌簌密密的雨聲。棉被溼涼地被我抱在胸口。雨停了麼？

周四上班時，同事興沖沖地告訴我，他已經將上回和我討論的遊戲破關，而現在正開始玩另一套新遊戲。

「是麼？」我抿嘴淺笑。

「對了，好不容易放晴，周六我約了幾個人去陽明山，要不要一起來？」

我搖搖頭。

回家時買了素食自助餐，想順道去看鴨子時發現籠子沒有東西。兩團汙白色蜷縮在大型狗籠的影像在腦中一清二楚，鐵棚下所有雜物與往常一樣堆放在熟悉的位置，祇有這個籠子，是空的，甚麼也沒有，而籠門關閉，就像防止鴨子離開一般。

我嚥了嚥，自己呼吸的聲音清晰得教人害怕。我用沒拿東西的手擦著眼角，設法嗅出這裏獨有的味道。然後在一周後辭去工作。

「喂，你在哪？」

「路上，剛運動完要回家。」

「這麼乖呀。」

「嗯。你在幹嘛？怎麼那麼吵？」

「吃東西，外面雨好大。」
「晚餐？」
「晚餐兼消夜。」
「你明天要下山麼？」
「也許會，再撥電話告訴你。」
「嗯，一定要撥。」
「會。」
「如果你沒撥怎麼辦？」
「我一定會撥，我那麼喜歡你。」
「真的？」
「真的。」
「真的喜歡我？」

二〇〇〇年十二月二十九日

二〇〇一年五月八日，這是編輯貝爾傑讀完後說的話：「這是我今年讀過最好的兩封情書，當我已經開始不相信愛情，這或許會是一個救贖……」

願用這兩封信，揮別我逝去的愛情。

曾幾何時，我竟然輕而易舉地區分出開始與結束的差別，並將它們標注進生命中。

開始

原載於同位數電子報「一百種戀人／戀物」專欄

一直到今天中午你載我回忠孝東路的路上，才知道自己有多喜歡你。你拿著擦狗的毛巾說你早就有人了。其實這樣的答案就像多月前自己埋下的樹種籽，在竄芽時仍教我驚訝萬分。我看著你一邊為你男友提議飼養的小狗整理，一邊聽你神情愉悅地提及你與你男友的點滴，最悲傷的事莫過於處在幸福的人身邊呀。我看著自己在周日午間陽光中慢慢消失，連最後記憶的，都是你浴室中沐浴乳的氣味。

就像注定了一般，你說著你與男友終將在一起的甜蜜負荷，我在後座被今晨撲襲台灣的冷氣團冽風逼得滿面的淚痕，風太大，臉還來不及感覺眼淚滑落的滋味，便將雙頰繃得老緊，回應你時的笑容顯得牽強。你像心理醫師用盡了鼓勵的字眼，我卻仍被感情這兩個字整得團團轉。

從第一次上了你的課之後，我便積極地尋訪你的蹤跡，蒐羅了所有課表，六點下班，冒著大雨與台北行車的危險趕赴六點半的課，一切值得，我甚至會這麼想，這是真的，我雙手就可以觸及的。

會喜歡你的原因很多，但最主要因素是你幽默風趣神似王喜，那個香港演員在幾次接觸後，我發現他獨特的氣質，而你正有著與他一模一樣的氣息，更教我一頭掉進去的是，你不是藝人，你就活在我的世界中。

下午回到家後，我竟然無法遏抑地臥在床邊嚎哭，昨晚的一切像水滴落池子中，起了泡，一瞬，又消逝，還來不及記著那些泡沫的樣子及位置，便幻化了。我說，你知道我很喜歡你麼？我現在好像在做夢。

氣象報告十四日晚上冷氣團會將台灣北部的溫度降到八至六度，我在想那是甚麼感覺，祇是冷而已麼？我曾經周一默默地立於教室玻璃窗外看你教課，那時我告訴自己一定行，祇要是Gay，我就一定可以認識他，與他在一起，就像你鼓勵的一樣。那時候教室裏的音樂敲打著我不熟悉的節奏，之後一周多，我下了班便立即搭捷運前往板橋，走了半個多鐘頭的路程，問了不下五次的路，才趕上你的課，像被救贖一般，即便祇是上課、下課、搭乘便車至捷運站，我卻甘之如飴。

我一直在想，如我果繼續裝傻，不錯過你任一堂課地趕赴沒有結果的終點，不說破喜歡你的那顆心，祇是把你當做偶像，像對待王喜那樣地把你拱在天上欣賞，會不會免於落得像現在一般，連呼吸都是刺人的。也許那樣的心中想著你不是Gay，不可能喜歡Gay，會和我多說兩句話不過就是師生關係，然後在每一堂課開始前，不動聲色地換下因趕路而汗溼的衣裳，喝口水順順氣，展現最好的一面，在這一周不到十次的見面中，這是我最奢侈的時刻，是我的祕密約會啊。

人的心好奇妙，竟然可以承受如此大的悲哀與孤獨。

像錄影帶一樣，我儲存著你課堂上逗趣的笑容。一直想著昨夜與你一同逛士林夜市、回家的景象，如果是夢，那是何其幸運，因為如此一來，祇要再鋪好床，裹上被子，就有可能再重溫一次，再一次逛夜市、再一次蹲在狗籠前聽著你忙碌的腳步聲。

也許我們彼此並不適合，你幽默風趣、個性開朗（曾幾何時我也是這樣的人），而我卻鬱鬱寡歡、憂眉顰蹙，一直不順的感情教我像蠶一樣做繭自縛，心都變成了化石，還會有甚麼牽掛與遺憾呢？也許真該像我的好朋友一樣搬到偏僻的海邊、山邊，至少不會再煩心。

若真要說老實話，我真的會希望你與你男友趕緊分手，但每每念及至此，我便萬分懊惱，讀了那麼多書，竟有如此下流的想法，雖然我知道這些不恥的念頭是我喜歡你的證明，但千萬篇文章無一不罪責破壞幸福之人，無不嚴懲這樣邪惡的心，我真該下十八層地獄。我不知道為甚麼會這樣喜歡你，我也不知道你是如何看待我，但我知道能教我從無知無覺的渾噩日子中清醒的是你，教我體驗幸福滋味的是你（即便祇有一周不到十次的課程），雖然我的心都快成了化石，但我會用TOP Player的紅外套把仍能愛人的那部分包裹好，教虎斑小貓（我決定養我朋友的那隻小貓）細心看守，我不知道會等多久，但我清楚我自己，甚麼本領沒有，但要我等上一年、三年、五年，絕不是問題，如果有一天，如果，你在某天夜裏想到了我，或是當你行經兜售杏仁茶的小販時突然有購買的衝動，或是某日下午想再上網看看當初BBS上關於我的文章，或是希望有一個全心全意、絕不負你的人愛你，即使你已經三十五歲、四十歲，我都會接你的電話，在大雨的深夜奔去你家，守護你。

曾有過的挫敗，讓我喪失了許多東西，幾乎連心也要沒了。十四日下午回到家痛哭失聲，我知道這一點僅存的「愛」可以確定將要劃分給某人，那個奮力教課而深深吸引著我的人，我幾乎就聞到花香的味道，是何等幸福呀，我還可以愛人，可以為愛而感受著懊惱心痛。我甚麼也沒有，但讓我安穩入眠的是我可以知道我最最心儀的人會在何時何地上著課，他存在著，與我踏著同一塊土地，呼吸著同一樣空氣，在冷氣團籠罩台灣的寒冷夜裏呼著白煙。

我甚麼也沒有，祇有一個沉默無言的心，雖然不知道這可以感動誰，但至少知道它不會消失，即使放一百年（如果我可以活一百二十四歲）也不會變。我並未為這樣的等候做任何調整，認識你之前我就是一盒擱置在牆角小几上的面紙盒，幾乎忘了它的功能與存在，一旦你為任何事落淚時，它就在那。

明天開始，我必須過著自己的生活，領來杜咕（已經想好貓的名字）後便細心養他，雖然能預知終有一天牠將離開我，而那時必定是悲欣交集，但畢竟經歷過了，值得了。靠著杜咕我將專心地過一個人的日子，等候我應該等候的，你不必為此煩心，因為沒有人會每一分每一秒地盯著月亮，祇有悲傷、孤單的時候才會抬頭望望一直在那裏、不為了甚麼的鵝黃光亮。謝謝你的笑容，如果我還能在鏡中看見自己，那都是因為你。當飛鳥掠過天空，才發覺自己正仰著頭。

二〇〇一年五月三日

祝好

夜台北寓所

P.S. 我不是消失，而是時間對我失去了意義。

二〇〇一年五月八日，這是編輯貝爾傑讀完後說的話：「這是我今年讀過最好的兩封情書，當我已經開始不相信愛情，這或許會是一個救贖……」

願用這兩封信，揮別我逝去的愛情。

曾幾何時，我竟然輕而易舉地區分出開始與結束的差別，並將它們標注進生命中。

結束

原載於同位數電子報「一百種戀人／戀物」專欄

從認識你到現在也有三個多月了，其實這段時間我想了很多事，而昨晚你的話讓我陷入不能自我沉思中。其實一直到現在，我還不能置信我能在生命中遇見你，對我而言，就像是注定一樣，認識，然後真真實實地愛上。這段與你在一起的時間，不可否認我幾乎失去了自己，包括時間、金錢、習慣、思想，我並不驚訝這樣的事發生，因為我知道我正在努力抓牢某些東西，某些錯過就不會再有的東西。

以前念過一些書，書中說人之所以為人，就是因為常在悔恨中過日子，當一件事正發生在面前時，人們腦子可能還想著上一件事，當眼前這件事結束時，他們往往驚慌失措，想著剛剛為何不把握住，第一件事沒著落，第二件事也錯失了。我後來知道這個道理，緊緊地握著我能握的，因為我不要在死前的那一刹那後悔。

遇見你之後，我常常想甚麼是永恆？相對於永恆的，就是有長度的時間，一個月、半年、五年、十年，許多人在和對方交往時，總是有著「抵達終點、完成任務」的想法，也許我比較傻，對於你，這樣的想法從未在我腦中出現，我祇是做我能做的，而我深信，我們現在的愛絕不是兒戲，不是玩個兩年、五年就會結束的「戀愛」，我相信直到年老的時候，我們仍像初遇一樣，在每一天的驚喜中歡慶自己更愛對方一些、在有著粉紅色玫瑰花的空氣中逗弄小狗、在轉門處擁著彼此撒嬌、在深夜聽著音樂享用宵夜、在床上深觸彼此的靈魂。

說說我的感覺罷。

記不記得我曾說過我的夢，在夢中我遇見生命中的另一半，心靜了下來，所有過去的疑惑一掃而空，我知道他就是我命中注定的對象，他會改變我的一生，而我命定守護著他。記得我說過夢中這個人與你一模一樣麼？不祇是外貌，神情、感覺與氣息都讓我在夢中嚎啕大哭，夢醒後，這樣的人我能夠遇見麼？

五年前的夢我一直記著，之後遇見的人、追求我的人，我都保留了我的心，我相信在我有生之年一定會遇見這個夢中人。由於我家家境不好，對於用錢格外小心，因此是否會為一個人花錢，變成我對於感情付出最好的指標。這些人，我知道並不是我停下來的目的，所以後來，距今兩年前，我選擇獨自一個人，整理好曾經紊亂的心，全意面對也許會出現的夢中人。這是我遇見你之前的事。然後你出現，在手機上留下：「聽到了麼？你好笨說！！我在放音樂！然後說『我愛你』！！」愛你的我……我在這個城市呼吸著有你的空氣，時間從我身邊穿過，我被一陣甜美蜜開了笑容。

昨晚你提起勇氣告訴我許多話，昏昏地，還來不及理解，我已經整個人倒在你身上，心中充滿感謝與激動。你向我坦承現在的你還未能將心穩定下來，我能理解，畢竟我已經準備了二十五年，而你才剛與你上一任男友分開一個多月，如果要你立刻將心交付出來，豈不是強你所難。別擔心，之前我已經等了二十五年，要我再多等半年、一年、甚至五年，都不是問題，祇要你願意、祇要你知道我是值得的，就算化做一棵樹，再等五百年，我都願意。所以你不要愧疚，我願意為我愛的你做任何事，祇要你開口、祇要你珍惜這份心。

我那裏都不會去，祇會在這裏，靜靜地等你。

真的很高興你願意與我討論這些事，要是理解得不錯，你的確是在乎我的，你想到了未來、我的前途、我們的感情、你可能面臨的婚姻，許許多多的狀況，我知道面對這些很麻煩、很辛苦，但還是會碰到，就像一百年後我們一定會死去一樣。昨晚你的話讓我面對了現實，是的，你已經三十歲了，也許再過五年，你父親將會給你婚姻的壓力，如今你第二次問我這樣的問題，我一樣地告訴你，如果你願意，我們一起準備好一切，不讓你父親、外婆受傷的一切，祇要你相信我，並願意與我走一輩子的路。你說你能預料終將結婚的命運，但這並非是最壞的狀況，我身周的女同志也不無這樣的壓力與命運，有沒有可能與她們結婚？有沒有可能先結婚再離婚，然後「婚姻恐懼症」成為之後逼婚最好的藉口？有沒有打算與我的女性好友結婚？有沒有可能我們移民去荷蘭、夏威夷，那些提供逃開婚姻約束，甚或可以同性婚姻的國家？有沒有居住到國外，一起在海外奮鬥的可能？還有一百種以上的方法可以解決勢必面臨的問題。

我們可以向有經驗的人討教、向心理權威醫師諮詢、向處理這種問題數以百計次的婚姻諮商老師請教、向我的好友也是有家庭有男友的酒店老闆請益，還有一百個以上的人可以給我們最好的方法，祇要你願意。

祇要你相信我，願意與我走一輩子，知道我值得。這不祇是你的問題，也是我們的問題。不知道你是不是也這麼想，我並不願意一個與我生命沒有交集的女人為我受傷，所以我堅持不婚；也因為不願愛我的男人的受傷，所以我不婚；但面臨最愛我的父母親……這樣的矛盾一定有平衡點，祇是我們不知道而已。讓我們一起想辦法罷，我們一定會找到解決之道的。

你說現在的你需要專心於工作，所以我在你返家的時刻備好飯菜，也許不可口，但我會更努力；所以我會照顧你的健康，在深夜央求你上床睡覺，也許覺得厭煩，但我的口氣會更體貼；所以我會打理好自己的學業，也許還要你一一指正，但我會更賣力；所以我會照顧好我自己，畢竟生病了甚麼事也做不了；我要說：「我全力支持你！加油！而我也會努力！」

我很高興你把你的困擾告訴我，我一直把你當成我的家人，比情人更深刻、更真實，我很願意分享你的喜怒哀樂，也許當時無法說甚麼，或提供甚麼，但我會仔細想過，並告訴你我的想法。

再者，我清楚我的想法，我知道我在做甚麼，當我面對你的時候，我沒辦法顧暇其他人，所以你說的不要抗拒交朋友，我很能夠拿捏，請你放心，況且在單身兩年時，我已經結識了不少好友，那時工作打拚，硬著頭皮上山下海認識一堆人，所以現在的我，祇圖個清靜，和你平凡地過日子。

最後，我說過我哪裏都不會去，就像黃昏坐在門口望向斜陽的人，靜候著入夜前一切的回歸，我微笑看著自己被愛你的心包裹。請你一定要記住，我的愛可以在你面前出現很久，一輩子、一萬年、甚至更久，但祇有一次。我不顧一切，全心全意將生命交出，因為我相信我的愛不會虛擲，你當然可以靜下心告訴我你的想法、靜下心要我離開、收回我的愛，但記住，我祇有一輩子、一顆心，錯過了，是不會有第二次機會的。

我在這裏，你在回家的路上了罷。路也許有點長、不好走，但慢慢來，不要急，讓時間證明一切。我和我的心、我的愛就在這裏，哪裏都不去，祇是靜靜地等你。

祝好

夜台北寓所

二〇〇一年五月三日

〈結束〉

自殺

決定自殺，是她考慮許久後的答案，也是她忍耐多年後的解脫，更是對抗丈夫婆婆的唯一手段。

雖然她僅三十四歲，很多事尚未體驗經歷，頂級奢華六星級酒店套房的鬆軟床被、一口七百元的薄鹽燒嫩和牛、新開通的捷運線，但她仍決意一死。在經濟考量與時間允許下，她翻著便利店雜誌架上關於新開通捷運線的情報誌，想尋找合適的自殺地點。

反射太陽的房車車頂將七月夏日暑氣穿透玻璃落地窗直射她臉上，她不耐皺皺眉頭，一手擋眉遮影，一手食指隨著雜誌內介紹新捷運沿線旅社飯店介紹遊走。最後她草草決定前往新開通捷運站旁的旅社，那是沿線幾個站中最有建築特色的捷運站。活著時無從享受頂級六星級酒店，死在最新最美的捷運站前也算聊勝於無。

避開提包內裝著十三顆分次購買累積的安眠藥的白色藥袋，她掏出零錢包支付礦泉水。十三是倒楣的數字，她並不喜歡，但無奈想再購買安眠藥已無多餘存款。

「我們現在二十周年慶，祇要消費就能參加抽獎。」

「啊？」

她將專注提包的視線猛地抬起，與便利店工讀生短暫四目相交。

「現在有抽獎，頭獎二百萬。」

「真的假的？」

「這邊填姓名、手機號碼。」工讀生制式交代抽獎券填寫，轉頭繼續整理收銀機鈔票盒。

她順著工讀生的手，向下看進收銀機中十來張的千元大鈔，嚥了嚥口水。填妥的抽獎券在透明塑膠箱中像成堆的垃圾，從不相信運氣與機會的她瞧也不瞧，隨手一扔便伴著便利店自動門叮咚聲離開冷氣舒適的商店，踏進燥熱悶汗的街上。

所幸旅社不遠，否則下午兩點炙熱的空氣肯定讓她的皮膚發燙乾燥，她一邊咒罵，一邊推門進屋轉身反鎖。

「莫名其妙，禮拜三下午居然快客滿？這些人都不用上班喔。」

提包摔在床上，她不像以往旅行住飯店酒店旅館，總先行探探浴室廁所，四處摸摸看看，畢竟祇是來自殺，橫豎幾小時後便將與世長辭，旅社設施如何完全不重要，反而是她進屋後隨即拉開窗簾，並扎扎實實露出久違的微笑。

這是一間看得見新捷運站候車月台的旅社。最美的捷運站名符其實，鏤空金屬窗台將陽光切成閃耀奪目的果凍，大塊大塊在月台上晃動著。她滿意地一邊自提包中掏出安眠藥、一邊至門口調低空調。

七月過了午後是全天最熱的時刻，她用便利店買的冰礦泉水吞下五顆安眠藥，祇是突然想到，自己是來自殺的，若藥效不夠僅睡一覺，這五粒豈不白嚇，倒不如一次十三顆全下肚，留著也是被人廢棄丟掉。

就像自己一樣，留在世上也祇是等著被人丟棄。

雖然沒人問過她為何想自殺，未來也應該不會有人問得到，但這段時間以來，她不祇一次在心中彩排被問及的回答與反應，「我受夠了他的鐵灰色領帶。」

回答開場後，會是她鉅細靡遺丈夫個性與品味的描述。如同多數人夫一般，她的丈夫無趣、呆板，甚至嚴重到讓她不解當初為何嫁給他。以前她曾安慰自己，幸虧這樣的男人不會偷人，祇是沒料他不偷人，卻偷了她的人生。

她永遠記得結婚後第一次結婚紀念日，提前下班繞去玩具店購買他曾說過鍾愛的鋼彈機器人，雖然她不明白自己的丈夫如何迷戀這些看起來沒啥兩樣的塑膠玩具，但當站在令人眼花撩亂的櫃子前，她還是正確指出丈夫常掛嘴邊喜愛的鵝黃色機具。當握著用三張藍花紙鈔交換來的玩具時，雖然納悶為何有人著迷這種握在手裏活像根香蕉的東西，卻也期待著他收到禮物的興奮神情。

祇是當晚她滿腦子浪漫獻上紀念禮物並要他猜猜今日何日，丈夫疑惑並無趣的反應讓她驚訝之餘更多失望。而且，不意外地連同之後她的生日、他的生日、情人節、聖誕節等可能拉近兩人距離、增添夫妻情誼的日子，他通通忘得一乾二淨。每每她看著愛人用乏味且多餘的眼神看向自己時，心一寸寸裂開的聲響恐怕數年後的她都不會遺忘，那是巷口都能聽到的怨嘆與憤怒。

她一邊回想，一邊打了個扎扎實實的噴嚏，太陽西行，下午三點多的陽光斜射屋內床上，她用手背抹了抹額，調整躺在床上的姿勢，繼續等待藥效發作。

每每想到自己丈夫，便一肚子氣，不僅因他忘記了許多關於夫妻間該有的一丁點浪漫需求，即便丈夫平凡無奇是出嫁前便洞悉的事，隨著兩人相處，生活習慣個性脾氣日益熟悉，她更驚訝於枕邊公開允諾終生的男人竟是個無理想、無占有欲、無感覺的斯文人渣。

如同無味的雞肋一般，整段婚姻生活對她而言並非難以啟齒的不堪，而是無從聊起的貧乏枯燥。同住的婆婆平均每五天便像餐廳點唱機般一過十點即準時無誤播放費玉清晚安曲說道：「嫁給我這個兒子算你的福報，他喔，很乖巧，是一個好丈夫」。

這些對她來說，一點也不重要。

好熱。她忽從床鋪坐起，扯開新買的粉紅衫領口，下床重新確認空調；回床躺平前，她仔細將領口鈕釦扣上。

有時候想想，今日落得如此下場，絕大部分該要婆婆負責。從小對他的溺愛無疑日後令她身心靈飽受煎熬，祇是這樣的折磨她無從與朋友言述討論，因為她夫並未有任何不軌、逾矩情事，如同入定老僧，斷絕一切貪嗔痴，有時候她真的相信持續凝視丈夫雙眼，便能自前額看至後腦，有形無體。

婆婆甚至還以這個兒子為榮呢。難道同樣是女人的她，不明白母雞一個人下不了蛋？即便下了，也孵不出小雞。

正因為婆婆如此寵溺丈夫，不僅厭煩，甚是厭惡的感覺如同夏天黏膩悶熱的午後以手指滑過皮膚澀滯油黏，難以甩脫。不諱言，她曾一度想親手殺了他們母子倆，若不是婆婆那句兒子如何也不會偷人的名言像警示鈴鐘，在她日復一日揮刀逼近的狂想裏鬧醒理性，攔截殺機，缺口斑駁的肉刀早已砍進丈夫頸裏。祇是警鈴鬧得醒理性，卻鬧不醒錯誤婚姻。

她用昨夜仔細擦過指甲油的纖指撓了撓脖子，一不留神搔過頭發疼，輕哎一聲，又繼續用另一手搔腰間的劇癢。

「怎麼回事？好癢。」

原以為是天氣熱，沒細想全身發癢是何時開始的事，但早已抓得通紅的手臂，在她彈身坐起，仔細查看時提醒她搔癢絕對超過半個鐘頭，似乎再抓下去便將皮開肉綻、鮮血直流。

「啊，甚麼東西啊？」

連續兩個噴嚏後，她低頭伏身細查，震驚發現整張床、被、枕頭都是跳蚤，那種過去祇有鄉間地方數月洗一次澡的兒童髮根上攀抓齧咬的吸血小蟲，正在自己皮膚上挖著止渴充飢的蚤孔。

跳蚤這玩意很棘手，每次撥弄或設法驅趕，絕對會令牠們抓咬更緊，因為對牠們或人類來說，憂慮相同，沒人想讓到手肥鴨飛了。她一邊拍打發癢疼痛的傷口，一邊憤怒大叫。悶熱房間顯得更煩躁不堪，劇烈的呼吸喘息在乾燥欲裂的旅社房間迴響，她怒氣沖沖走到玄關再次確認冷氣溫度，轉盤刻度早已撥至十八度，再轉便沒了數值。

悶汗自腋窩、鼠蹊滲出的感覺讓她渾身不對勁，她噘著口水奮力一扭，指針瞬間標示低於十八度，再一扭，刻有溫度的轉盤像地球自轉般繞行一周，又標示回二十六度。

「這甚麼啊？」

她尖聲咒罵，然後像兒童興奮扭轉轉蛋抽獎般捏著溫度轉盤快速旋轉，周行一圈復一圈，祇是房內空調依然故我，低沉呼呼吹著悶風。這回她的噴嚏連帶鼻腔中的黏物一併彈噴，或許是鼻道瞬間暢通，霉塵烘熱後獨有的膨脹溼悶氣味湧進肺部，她倒吸著氣咳嗽。

空調管路久疏保養，幾聲深咳後，她才像突然嗅到旅社內空氣其實霉悶不堪，皺著眉抑住作嘔的情緒，急忙開窗透氣。

祇是當她扒著密閉隔音窗企圖想找出窗戶開關時，對面捷運站上候車乘客像看水族缸中失壓翻肚的魚兒，各自饒富興趣地對她張望，甚至揮手。像傳染病一般，剛才拉開的窗簾就猶如歡迎敵軍進攻般敞開城門，遠遠望去，月台上揮動的手臂數量快速增加，並向兩旁擴散。

她氣極了，拿起話筒想朝接聽的旅社人員破口大罵。話筒待接音貫穿耳膜、腦葉，像訕笑般源源不絕湧出。她忍住了一次噴嚏，卻換來更激烈的哆嗦；悶著嘴的噴嚏，像把空氣往腦腔裏猛灌，幾乎爆開眼窩耳殼，她顫抖著身體，同時用未持話筒的另一手撓著大腿內側的蚤癢。

「我操他媽的。」

她咒罵一聲，摔上電話。轉而翻出提包中的手機，撥打市政府服務專線，那是近年推廣的四位數號碼，好巧不巧，此四位碼正是台灣經濟最頂峰的年代計數，於此之後，台灣經濟政治快速衰頹崩壞。

西晒陽光燦爛地映滿室內，她抽吸著氣耐下心回答市府人員的提問，並在每一次轉接間隔音樂聲響起時，默默在心中數著吸吐氣的次數。

大約轉接至第四人前，話筒內原先的匈牙利舞曲戛然而止突變為持續而穩定的嘟嘟聲，她憤恨地切斷電話，並用力將手機拋擲床上。耳內瞬間又回復午後絕對的淒然與寧靜，祇有窗外捷運靠站時轟隆轟隆的進離站聲響。

這同時，隔壁忽然一聲女音拔高歡叫。她幾近崩潰的情緒瞬間爆炸，她得找個對象將這一連串積壓的憤怒徹底發洩，橫豎自己是個將死之人，在毫無後顧之憂下的怒吼囂罵絕對是她這輩子最想做的。

爬滿跳蚤的床褥、霉味悶燒的空調、月台上宛如觀看珍獸的人們、難耐的搔癢、未接空響的旅社電話、轉接至外太空的市府服務專線、無味貧乏的丈夫、縱容溺愛兒子的婆婆。

厭惡至極。

她將一直安置於全身各處的不滿匯至右手，狠狠扎實地捶在隔壁發出女性歡淫聲的門板上。一次、兩次、三次，彷彿將破門而入的力道震著厚鋼門。

「啊，誰？是誰？」

聲音自房間內傳出，是年輕女孩的嗓音，倉皇驚恐。

她掄著拳頭代替回答，砰砰聲在狹小的旅社走廊瞬間消散。

房門打開，濃濁酒氣撲鼻而來，一張豔色鮮抹的臉夾雜激情中的潮紅體溫，不留神間瞬閃而過一種被人抓姦在床的不知所措。

「你們太大聲了罷。」忍憋著不吸進酒氣與脂粉香味，她在門甫開便扯嗓大吼。

豔妝女孩護著胸口浴巾，一見敲門者不過是位年老色衰的婦人便壯著膽挺起青春無敵的傲人象徵跨前一步，一手搭在門框上。

房內四散的衣褲隨地拋擲，想是正式開戰前有一番迫不及待的激情互動。她四下探看的同時，廁所男性撒尿馬桶獨有的沖瀑聲自房內深處傳出，她很熟悉這個聲音，那與每天早晨四點前後丈夫起床放尿後再窩回床鋪的聲音相仿，都是會在腦中建構濁黃、發泡水面的撒尿響。

「怎麼樣啦？」豔妝女孩的口紅暈開唇周，甚至染沾門牙上，「妳羨慕是不是？」

「要妳小聲點，死破罔，要是你們被人抓姦在床，我看你還囂張得起來麼？」

撂下狠話，她在廁所沖水聲響起前甩頭離開，畢竟自己衹是女性，沒必要與廁所中剛撒完尿的陌生男性起衝突，誰知道他有沒有洗手？

一邊快步走回房間，一邊幻想對方用握過生殖器或沾滴尿汁的手扯著她的頭髮將額頭朝牆撞去，不禁為剛才魯莽感到危機與驚恐。

而且依她判斷，女人若不是花錢買來便是手段殘辣的第三者，若剛剛晚些離開，會否慘遭兩人毒手？她背靠房門喘著氣，汗沿額頭眉邊滑落。

像忽然想起甚麼，她開始大笑，甚至得彎下身才能保持呼吸。想到自己來這個一天恐有十來對男女尋歡的旅社尋死，居然管起別人淫聲浪語音量大小，不禁覺得壓根撈過界外，還多了點小題大作憤世嫉俗的唐吉訶德式嘲弄。

自己的事都管不好，還要管別人的。

她用手背狠狠抹掉臉頰上不知是因大笑而逼出眼眶的淚油抑或燥熱房間強悶出汗的潮潤，並用衣袖揩去鼻前的晶瑩水珠。

男人在外拈花惹草除了被傳統以三妻四妾的藉口理由正當合理化，更隨時代演變至今已成為桌面下暗渡陳倉的陰暗活動，隔壁房間甚至是整棟旅社很顯然是這個活動的活動中心，她在腦中搜尋不知何時閱讀過關於男性外食偷腥的數字比例，印象中高得嚇人，接近八成。

這一刻，她露出既羞澀又欣慰的淺笑，是啊，畢竟她的丈夫正如婆婆所言，不會偷人，很乖巧。

之所以她能如此肯定丈夫的忠誠，除了他宛如木頭般不解風情與剛毅木訥的天性外，很重要的因素是，外頭野花野雞誰不是為了金錢出賣在床上蠕扭著身軀與早已揮別多年無緣重逢的心靈，可惜她與夫兩人的薪資收入加總祇勉勉強強過得去，怎還有閒花獻野雞。

祇是回想過去這些年，自己最大的委屈莫過於嫁夫後一年祇能買一次新衣化妝品的幾近拮据的生活，辛苦努力的薪餉泰半花在家庭生活開銷，丈夫中規中矩的收入來源並無不妥，祇是恐怕在辦公室主管面前宛如透明人一般的他，絕不可能為了掙取更多薪資而努力拚闖。

如同他在她面前，永遠就像大門前廊的歡迎光臨踏腳墊，沒有更多的想法，不曾消失也不顯得突出，踩過時更不會教人吃驚：「啊，這裏有塊踏腳墊呢。」

她當然不祇一次遙想坐擁高額私房錢的竊喜，也不祇一次欣羨電視上穿著光鮮的名媛貴婦，那些拽著名牌衣裳跑趴聚餐，三不五時在髮廊一邊燙染新髮一邊比拚家世身價的生活，那是有錢便能扭轉一切、操控一切的真理年代啊。

冒著悶汗，她乾咳兩聲像點醒迷夢，突然她明白了，這一切的荒謬無理全源自金錢，如同富家女祇要有錢，任何願望皆能實現達成，甚至包括另一半的個性、彼此間的互動。

突然，手機大響。

她像燈號通知進辦公室面試的求職人員，拉整溼黏的衫恤自床頭撿回手機。喂。

「恭喜您，您中了我們便利店周年慶頭獎。」

「甚麼？甚麼東西啊？」

「您中獎了，晚一點工作人員會再撥您這隻手機告知領獎辦法，謝謝您長期以來的愛護與支持。」

「等等，你說頭獎是甚麼？」

「頭獎是二百萬元現金，晚一點工作人員會再更詳細跟你說明。」

「二百萬這麼多啊？」

「謝謝您長時間的愛護與支持。」

電話另一頭似乎搶著節約通話費，話甫說完急忙掛上，她錯愕聽著話筒傳來節奏宛如節慶煙火般的嘟嘟聲。

如果以她上髮型沙龍一次兩千元來計算，二百萬能染一千次頭髮；若以上周公司處長請大家一頓一千五百六十元的法式料理來算，二百萬能吃一千三百一十五次啊。想到這些，她興奮得幾乎叫出聲，更遑論二百萬所買名牌提包、服飾足以塞滿家中五尺見方的木製衣櫃。

「啊，乾脆先請人裝潢一個衣櫃好了。」

她捏著手機興奮跺腳，即便汗溼衫恤緊貼身體的不適這一刻也顯得微不足道，未來成排衣杆上的高級衣裳夠她穿一套丟一套絕不重複。

東區各家精品旗艦店大廳亮黃投射燈逐一清晰照亮她快速打轉的腦袋，周身像讓極強冷氣舒適乾燥地包裹，她愉悅飛快將吃剩的八粒安眠藥塞進提包，握緊掌中被燠悶旅社房間逼出汗溼的手機，拎著提包腳步輕快踏出房門。

「要退房了喔？怎麼大家時間還沒到就都退房了？」

「有個女的來鬧事，掃興。」

旅社老闆收回鑰匙時，瞟了一眼仰頭正幫男人結繫領帶的稚嫩女孩，濃豔口紅妝色在鐵灰色領帶前顯得張狂妖冶。

「你常客，竟敢鬧你，下次遇到跟我說，我來處理。」

男人僅點頭示意，轉身離去時在背對老闆的視線中用搭在女孩腰上的手捏用力捏了一把那年輕肥俏的臀部，令旅店老闆想起早一步離開的女人那只顯然難敵歲月鬆垮扁塌的臀部。

「先走一步啦，回家扮好丈夫。」

二〇〇九年七月二十五日

眾神航線

La tristesse durera toujours.

經過一億四千九百六十八萬天的航行，眾人臉上無不寫滿疲憊。船像不眠的夜鷺，悄聲劃過濃重黏稠的闇黑色，毫無痕跡，遠看去似是凝結不動，既未往前，也不曾轉向，筆直朝著某一處緩緩航駛。那是佗口中的璀璨之地，眾人如此堅信。

祇是時間過得好快，眾人思索著前次自窗內探瞧張望船外是白晝的俄頃時光時，黑夜驟然降臨，馬可波羅凝視黝靜闃黑的窗外，幾近耳語地輕問貝奧武夫，上次目睹日陽西墜距今多久？貝奧武夫又一次呢噥至今仍纏結著他的靈魂的該隱後代。不是麼？似乎是這樣罷，沿著刀上的美酒順勢滑落，發出巨大聲響是槌子砸斷血緣兄弟鎖骨爆裂後一而再而三地盤旋腦底的輕吟。

前面已經無路，祇有充滿寒意的無底深淵與寂靜。奧德修斯繞著哥倫布清晰而細微地反覆念誦：看啊星光，一直墜落下去，祇要有個傾向，就有別的跟隨而至。他倆若有所思用下巴遙遙指了指鄭和，就像菜單上決定今夜佳餚者已了然於胸後對服務生展示憂鬱而絕美的下顎稜線。突然眾人輕聲高歌，那正是我在尋找的——為何我仍在此停留的理由，除了蔻比．佛洛德。她也是船上唯一的女性。

我們得做點甚麼，即便佗仍把自己關在艙房內，命運注定要在浩渺無垠的太空——星星和黑夜又有何關係？哥倫布像發現新大陸積極樂觀，然後望向在座每個人深邃如同窗外深不見底的瞳。航行時間太漫長，偶有發生身體與外界混融的常見異象，在寂寞的作用下頻繁普遍。祇是那樣或長或短的混融光陰，外界是否也透過相似過程點滴啃食眾人的記憶與感受？

航行的一億四千九百六十八萬天中，窗外久遠而古老斑駁的靜黑色一點一滴染進眾人眼底，他們彼此凝視，如同深夜遙思故鄉耳海傳近心跳沉穩而逐漸虛弱的抨擊聲，即便經過如此巨大而枯竭的航程，早已無法辨識黑夜白晝的形體，更遑論船上祇佗明白前行的方向與靈魂的顏色。貝奧武夫扔出手中的教皇，站起身。男人誕生了。

祇是男人不曾了解自己深受的詛咒猶如刻入希奧羅特柱上誘引哥倫多前來的血肉圖騰，那是注定永恆的悲劇。男人的母親產下女人後便逃離空氣中飄散鹽粒的故鄉，過往懸於吸納所有聲音的黝黑中的月亮與同樣黝黑卻發散所有聲音的黝黑中的月亮，如今皆靜靜凝視著她。在天上似同在海中，男人的母親如岸邊漁婦袖上鹹苦難耐的鹽粒，熬煮著日以繼夜的人生，最終煉化一整團又黑又臭，他媽的苦澀無以入喉的，人生。而男人的父親則在往後的日子裏用反覆盛綻並豔紅華美一如精雕琢磨無以匹敵的雄性符號在每一個恰如今日航行窗外無有任何光亮的深夜中將女人僅存誘引著獨角獸前來並肩負玷汙聖潔之罪而緩緩淌流的處女之血輕而易舉闖截並在其純潔優美的腹線上搗弄了一日日逐漸外壟的畸形傳承。這並非悲劇的終點，男人誕生的時刻。

吸納所有聲響的夜空沉默緩慢自船身輕劃而過，凝結於深暗闃黑上為數千萬的星子發出細微一如嚴冬簷前冰晶閃爍的呢喃，馬可波羅輕搖哥倫布，才回神的瞬間牌戲推展迅速，哥倫布抿唇定神細瞧，手中皇帝與魔法師交互泣訴著連巨大完整的幸運都無以扭轉的未來。一旦駛入失速的海域，連季節都祇能曲凹變貌成無人理解的破碎片段或黏稠展延的不堪，夜似乎連續了幾日不曾天曉，哥倫布緊抵著窗的額頭圈印出玻璃特有的冷冽質地，類似冰晶卻不拒人的嚴峻。這樣的航程，我們將前往何處？在快樂的，波濤洶湧的隆隆之聲的海中，在起伏合鳴聲中，世界氣息搖動的整體，淹沒、沉下，迷失於昏暈之中，最偉大的恩賜。

其實艙內有燈，大家都知道，祇是沒人說破在暗桃木色的老舊抽屜中藏匿著關於航向未來的音訊，那曾是一早岸邊啼鳴的鷗禽爭相走告的祕密，一些破碎不完整的色塊被誤以為如清脆雨後虹上的舞步，我們都知道，艙內的燈正立在未來之上。上一次目睹夕陽西墜是多久的事？馬可波羅問，是自洪荒之後便如此恆常地黑暗麼？喧鬧的夾板木紋，螺旋盤纏而上，將眾人以無形翻湧的命運之索捆縛霸凌。是麼？我不相信永恆，你也不該相信，相較於其他，永恆不過是華麗溢美夾雜詐欺殘虐的詞彙，不是麼？哥倫布的魔法師躍起，祇是瞬間如油燈芯微吐顫的暗藍色火焰在宇宙洪荒急速凝結成匯納一百三十七億光年航程的驚鴻一瞥，這並非奧德修斯的預料；他注定悲傷，就像永恆拍擊著岸灘上擱淺的殘船圮幹的海花，抖落一衿的淚屑後黯然退場。祇是沒有人該相信永恆，即便艙內有燈。窗外似漆的沉默。

將身上深沉流竄的猩紅化作養分供養累世的冤魂，那是父親刻鑿的沉痛記憶。在女人雙股中緩緩爬行，染血的弟弟與自己以臍帶緊扣著維繫生命。奮力蹦跳在魚販攤上的圓鱈大口地呼吸，飲下想像中的冰涼海水。漁村人說孽種留命留禍。缸中盛滿了幸運自她身旁滑行而過的體液，還有日後用生命所圍繞無從解釋的悲劇。男人仰嘴緩緩吞下姊姊乳頭上母性供養累世冤魂的養分。那年鳶尾花開遍窗台，像等待日落後步行前往喪禮的繁星。

船身輕微晃動的節奏令馬可波羅憶起南昌燒煉白瓷的跳躍火焰，官窯沿周身龜裂的黃土色，包覆血汗調和的古老華豔。子宮緊緊內縮至深層疼痛再緩慢舒張，極度低迷的節奏自遠方晃著金黃狼尾草的末端迎面襲來。要容許一種陌生的思想祕密爬過牆頭麼？不以他本來的面目出現，馬可波羅逆行著戀人間的行為，滾著遙遠西方血色的玫瑰花刺彼此碰撞在欄腰折斷的枝幹間以慵懶的姿態或躺或臥，花朵的節奏緊縮然後舒張，襲來的卻是烈火中哭泣的白瓷。你知道的，馬可波羅問，那些被傳世的記憶都是披著淚的。船身搖晃，戀人似及若離，抖落一地不祇關於祝福及兩顆蛋之間的距離，他們被粉刷著歡慶超越一世紀的孤獨。紙牌摔落地面。

踩著婚禮讚歌與禮花碎片行過街弄的野貓昨夜才在腥臭溼黏的廚餘桶中尋得足以

成為宴席菜餚的靈魂尊嚴，男人被詛咒的命運在祝福的聖歌中顯得滑稽古怪，一槍槍擊發的子彈射爆旋轉中的小丑紅鼻子。新娘臉上淡紫色的彩妝像迎著太陽飛行的蒼蠅翅膀，皺摺的海浪靠攏壓抑，然後在崩解的一瞬之前，她笑了，以慵懶的姿態笑著搖晃著。即便死去依然維持著那樣的節奏。每個人似乎都祇在為這一刻做事情，彷彿永不再如此，永不如此。悲歌自始便已確定。失去妻的男人現在開始發問，那注定悲劇的開端，以一種未加思索的方式提及我們一起說過的話，一些我們記得的場景，慢步街角的貓讓男人看起來是以世上最從容的方式從一件事步行到另一件事，就像滿窗的鳶尾花。

這一切正確麼？是不是該用另一種焚燒檀木時盤煙氤氳的速度懺悔？那些隔在深藍色之外的正彼此窺看，幾千年來，鄭和當然明白悲劇永遠誕生著悲劇，用一朵花被放置墓碑上的速度誕生，然後消滅。蒼蠅翅膀拍動的時刻到來前，她笑著崩解了。手上沒入黑暗的斷裂之塔持續發問，像充滿浸泡過黑麥啤酒的吧台上陳舊木頭散發著前一個世紀自聖地歸鄉的戰士身上雄性濃濁鹹汗體味混斥酒女們自製鳶尾花的染衣水那甜甜淡紫色香氣的古老酒吧，鄭和翹著套有銀飾精雕指套的尾指輕捏。是正確的麼？對這樣傾塌的姿勢解讀正確麼？漆著金邊的桌緣，有著強風和隆隆作響的寂寞，高塔穿越雲層升起。毀滅我罷，鄭和對星星說。

在他決定這麼做之前，夜晚門外的紙燈被點亮，人們應該睡覺這件事真是奇怪，他們在浸滿松脂的草紙上描述西域夜光杯的亮度，漫天繁星的哀思順著引航的風一路吹散。在他決定的時候，來自泛黃相冊中的婦人勾住男人前往西方的領巾，雖然綴滿鳶尾花的小立帽被捲入永無止境的痛苦之河。發出呼呼巨響，婦人遠道而來喚出雲後的月亮。這一切都將正確。但現在，在燈芯熄滅氣味、粗胚杯子與記憶中消失人物令人分心的短暫時刻之後，男人再度取回領地，他們是寧靜與秩序的大師、驕傲情誼的繼承者。他們數著男人的回憶，那些褪色的鴿子在黃昏時刻振著炊煙返巢，牆上剝落的紅漆似血斑斑，一個人無法永遠持續拿著刀將這些古老雕刻得更為清晰，在他這麼做之前，時間無休止地經過窗戶門前。他們的約定像領巾一樣被勾住，各自遠行的戀人，多年後重逢時的門外紙燈點亮，然後熄滅。婦人手上的婚戒閃著陌生的光芒，她接受了男人在痛苦之河前稀薄而遲到的祝福。領巾上的結在暗夜中吐著光芒。那繼續著，聽著。曾經鴿子發出低沉喉音，預告著悲劇與死亡的姿態。一切都是正確的。

一億四千九百六十八萬天航行的軌道筆直朝向花蕊中心，滿窗的鳶尾花蕊急促慌亂的咳著。那一段日光碎屑跳躍的河川上，我們的船由上而下緩緩飄落。蔻比·佛洛德跟著手冊輕輕唱歌，跟著句子，緊接文法，她也是船上唯一的女性。當各種顏色依序跌入寂靜之中，全然黑暗是最終的歸途？星光碎屑滿布的頭髮，但是油燈供給了一點點呼吸的勇氣。我們不是正在做點甚麼？在佗將自己關在艙房的時刻，在筆直的軌道上，他們用靜止的速度全力奔跑。甩脫斑駁崩解的過去，連最後一點點顏色都被吸納吞噬。蔻比．佛洛德的眼淚朝著花蕊的中心，他們不讓她握槍，因為我們是共謀者，她的聲音說話了，聽。掌中嬝繞盤升著鬼魂的重量，那是當她輕輕唱歌時變化的顏色，她都明白，當然明白。最上端的屋頂緩緩搭建，我們的船（請稱呼佛洛德艦長）急促慌亂地墜落了。

他們擁有無限的時間在眼前，起著漣漪的命運，男人對他說「來」，然後他過來，穿過整片的深藍色與闃黑中點點跳動繁星的夜空來到面前，他與他接觸，他與他的身體迸出火焰，那紙燈、那領巾、那婚戒，一切都被點燃，就在一切都燃燒乾淨的同時，盛大遊行隊伍經過，他將在那裏重新填滿他的空虛，延長他的夜晚，將夜晚以夢填得更滿。男人以為不再流浪。其他的一切祇是試煉和為了令人相信，這是盡頭。我們曾如此快速四散游動著，像鰷魚，隨著波浪起伏，在太陽升起前憂傷偷偷覆蓋我們。婦人丈夫的越洋電話筆直朝向花蕊，他看見那繡滿鳶尾花的領巾，他看見那低沉、綿長滿是踐踏淤泥的蜿蜒領巾在搖搖欲墜的屋頂搭建旁繞來繞去。她走了，她逃離我。男人說。我們的約定腐敗，陰影偏斜，誰是共謀者？死亡是鳶尾花編織而成的，死亡與重複死亡，故鄉之地懸掛著婦人一生的寂寞，與男人受詛咒的命運。他覺知他們的旅程短促，他們覺知他們的旅長漫長。多麼美麗，多麼奇異，現在他走著，彷彿終點在視線中。

坐在這裏我們彼此相愛並相信我們將永遠如此，現在讓我們的嘲諷和加以傷害的殘忍率直說出心底的話。那最後的孤獨剛剛才開始。

馬可波羅右手掌紋順行肖楠木精工雕製卻因累年摩擦而散發獨有關於佗豐沛情感並潮湧翻騰如萬馬的雄性氣味，順著他，將通抵真理，他們如此確信，以萬能尊崇著。而貝奧武夫扛起的除了黃金龍角杯外，沒人知道當太陽西下時，大能者肩背中一條條奮張勃然的血液早已混融了悲劇的羽毛，因而沉重不堪。賽典赤贍思丁的魂魄啊，繞行悲傷一刻的同時，奧德修斯放棄了對自己的祈禱。悲傷一旦被包裹繞行，剩下的祇是毫不神祕地直覺前行。荒魂踟躕，鄭和繞行悲傷的時刻，將死亡航向彼岸七遍，與馬可波羅在世界的另一頭相遇，他緊緊擁住他，一切都粉碎了。

是甚麼讓大家變得如此？奧德修斯往窗外看，凝注著膠著深黑色中喘氣的眼睛。是如何偉大的力量？那些崇高的美麗與醜惡讓船上日復航向衰敗之地的我們變得模糊難辨。體內濤湧著悲傷血液的熱情，他再熟悉不過，祇是沒有人猜到他必須向一個神獻出他自己，然後毀滅，然後消失。奧德修斯依舊看著窗外，被吸入無限遙遠的空洞之中，他延展了他自己，那曾禦抵阿刻羅俄斯之女的手指，如今指向哈底斯幽暗寂寥的國土。也許指環的位置象徵著不同的意義，但卻是甚麼偉大改變了這一切？白蠟封堵的雙耳傳來死亡之歌，是因為淌留著相仿的血液？奧德修斯望著船窗外靜靜滑下眼淚。

十一歲那年停落甲板上的青鳥的鳴啼喚住哥倫布幾將飄散的魂魄，他必須這麼做。空氣不再將長而不幸的黑色波浪掩埋我們。當一手緊握蔻比．佛洛德稚嫩童手，同時砸碎扭曲著秩序的時鐘。撞針輕巧在艙內迴盪，大家閉著嘴用喉頭發出振奮人心的激勵曲調。我們怎麼回事？經過一億四千九百六十八萬天的航行，再也沒有鳶尾花的香氣，沒有緩歌的青鳥，沒人來過這裏，除了我們，那將是通往最後崩解前一刻殘存記憶的時光。哥倫布扣下了扳機。他拉著蔻比．佛洛德往前直奔。從遠處傳來唱歌的聲音，在優美的涓滴中穿越了燦爛的邊際。那一道無法緩和面對的牆，讓生命的波瀾不再有意義，我們無法超越這個無法辨認的障礙，雖然蔻比．佛洛德的雙眼在黑夜中綻放著強光，令人難以直視。到終點了麼？她問。

我們多久沒有同聲合唱？在久遠的旅程中，祇有彼此靠攏時相互依偎的體溫暫時暖熱了腐爛敗壞的靈魂，至少我們是這麼想的。佗將自己關進艙房內，而油燈已燒近終點。大聲唱和罷，一串串墜入虛無的眼淚將被凝止，眾人的聲線將為航行畫下句點，即便大家明白，男人行抵厄瑞玻斯之時，曾經完美璀璨如玫瑰的意志也在枝頭上以萎槁蒼白的步跡踏上旅途。當我們的眼睛闔起，他的眼睛將看到。赫爾墨斯帶領的不僅祇他，更有一切聽起來都不一樣的聲音，在孤獨的時候，還有奧德修斯穿越真理的手指。歌聲由低吟盤旋而上，像叢結纏生的繁花揪住窗外紛紛屏息的星，夜出現像黎明前絕對嚴寒的低溫，蔻比．佛洛德滿溢著困惑與歡愉在窗前反映著自己童稚的淺笑。

一直以為將永遠緊閉的佗的艙門在航程中第一次打開時，奧德修斯扳動了命運的機關。銀光綻放筆直朝男人額頂飛擲，美好的有如早已在腦海中模糊印象的花火夜空，我們都聽到了花朵盛開的嬉鬧聲，那一陣遠方飄來的香氣，是列車行抵極地剎車的金屬煙硝。一整片的刺眼光芒湧入眼中，寂寞落進無聲的海裏。我們聽到蔻比．佛洛德的喊叫，那是第一場初晨的陽光，自船窗漫進鋪蓋俯臥地面的男人。我們看著彼此逐漸透明，包括佗都明白，在這一切喧囂之後，在這一切喧囂和混亂之後，抵達璀璨之地了。

二〇一〇年五月二十七日

窗戶

林先生的房間窗戶正對著郭家的廚房，所以每到餐前，林先生就得將窗戶關緊，以防油煙進入屋內，久而久之這也成了習慣，尤其早上出門上班前，他會巡過上鎖再離開。

距離新年一個月前的周四早晨，他比平時早起，這天他必須開四個鐘頭的車趕赴正午抵達台中開會。他漱洗完畢，花了五分鐘將開會資料整理進公事包中，轉身提了昨晚就掛好的西裝，急急出了門。

一路上車況良好，林先生駛上高速公路後，便將廣播轉開，音樂一時間充滿車內，他隨著收音機中的西洋歌曲哼唱，一邊將匆忙帶上車的速食塞進嘴中，突然，他想到一件事。

啊。窗戶。

車身頓了頓，立刻又恢復了原有的速度。林先生皺起眉頭。窗子沒關的後果林先生很清楚，剛搬來這個地方時，他就常常因為未關窗子，在下班後回到滿是油煙的臥室。而廚房油煙的吸附性又極強，往往空氣中的味道散了，棉被枕頭沙發上，還有一股悶悶的油耗味。林先生記得幾次這樣下來，衣櫃書桌摸起來都有種令人作噁的黏膩感。

為了讓房間透氣，林先生夜間入眠前多半會將窗子打開，上班前再關上，在經歷過幾次返家面對油膩的家具後，往後祇要忘了關窗出門，林先生總會一整天不安心。

現在他又面臨這樣的問題，而且今天一下了中部，回台北的時間恐怕已經晚上九、十點。林先生用休息站廁所的水龍頭沖著臉，很快用面紙擦乾，冬風吹著溼淋淋的臉，凍得他直打寒顫。

當然他曾主動告知郭家這件事，畢竟祇要將排煙管換個方向就能解決問題。他閃避一輛十分鐘前就一直在後視鏡中忽左忽右的綠色福特房車。靠。

髒話才出口，手機鈴聲大作，是陌生的電話號碼，林先生剛從置物抽屜中拿出免持聽筒，正要裝上電話，鈴聲就停了。

他罵了聲髒話，將耳機甩在鄰座位上。不知甚麼時候，那輛綠色福特又在他左手邊蛇行。林先生惡惡地喃語。時間剛過十一點，郭太太應該開始煮菜，而他的臥室也應該開始充滿郭家廚房的氣味。

電話又響了，鈴鈴鈴地蓋過廣播音樂，他看了一眼手機螢幕，是剛剛撥來的電話。他急忙將鄰座的耳機接上手機。

「喂，喂？掛斷了啊。」

真是倒楣，從剛剛想起窗戶忘了關開始，所有事好像都衝著他來似的，沒一個對勁。他轉著脖子試圖讓自己冷靜下來，椅背的毛料不曾讓他如此渾身不舒服，他咒罵著將介紹甚麼年菜小祕方的廣播關掉。

抵達台中已經遲到，林先生一邊怪怨著自己閃了神開慢了車，一邊將後座的資料上手，急急忙忙奔進電梯。

會議相當不順利，除了同部們的小張多帶了份地區績效評析，救了他一命，其餘林先生不是忘了今年的各分公司業績總整，就是報告發言支離破碎。

一定是放在車上。

林先生恍神想著，剛剛利用高速公路塞車時複習的資料，怎麼就給都丟在車上，忘了帶下車。

會議結束後，他請小張在一家西餐廳吃飯，林先生千謝萬謝。雖然林先生表現得差強人意，但整個年度會議倒還算順利，小張也為該部門爭取了一筆不算小的預算。

「哎呀，我選錯餐廳了，東西雖不錯，但油煙味太重了罷。」飯後林先生送小張去火車站的路上，小張嗅著西裝外套抱怨。

油煙味。

林先生像想起甚麼，剛才會議忙碌、在餐廳享用美食的情緒一瞬間消失，取而代之是回家面對一臥室的油煙味。

想著小張的抱怨，開車回台北的路上，車內全是黏附在自己外套上的油煙味。

北上的車輛黃昏後增多了起來，林先生的車被夾在路上進退不得。眼看已經過了六個鐘頭，車隊絲毫沒有前進的跡象。他打著哈欠，無奈地想起這亂七八糟的一天竟從出門忘了關窗開始，實在心有不甘。

祇要郭家不把排煙管移走，是不是我就得一直過著提心吊膽的日子？

林先生愈想愈氣，同樣都是公寓的住戶，為甚麼滿室油煙的是我？更何況是他家煮飯啊。

從他第一天這間屋子交屋開始，排煙管每天準時對它吐著氣，林先生好奇地想著，無論郭家能不能體會自己的感受，但廚房的排煙管對著別人這種舉動，就是不禮貌、沒有公德心。

林先生咬著上唇忿忿地想著。

像是每想到排煙管必然的情緒，他又開始覺得坐立不安。阻滯不前的車陣，讓他頭腦更加混亂。真要命，還是趁剛買不到一年，把房子轉賣出去罷。

正這麼想著，林先生的車竟「推擠」了前一輛房車。由於是塞車的狀態，車子祇是緊貼並向前推擠前方車輛的保險桿，若是平時，他這種煞車過慢的情況，可能導致連環車禍。

多虧前一輛的車主並未察覺，否則可能得多折騰好幾個鐘頭。

林先生喘著氣定神抓緊方向盤。

車隊頓頓走走，回到台北已經十一點多，管理員裹著棉被熟睡在電視機前。

林先生等著電梯，並決定明天請一天假在家好好休息，沒料到這次會議竟花去一整天的時間。而明天下午，必須走一趟郭家，把排煙管的事說清楚。

在門前掏鑰匙脫鞋時，林先生想到今晚將睡在沾滿油煙味的床上，困擾他一天的頭疼更加劇烈。他嘆了口氣推開門，開燈。

呃。

哪有甚麼油煙，暈黃燈光籠罩的屋子溫暖極了，衣櫃中薰衣草香精的氣味散布屋內，林先生驚訝地微張著嘴發出吃驚的聲音。

窗子呢？

他匆忙快步至窗邊，兩扇工整花瓣圖形的花玻璃牢牢地上著鎖，冷風在窗縫中發出愉快的咻咻聲，窗框也因為風勢而輕輕地觸擊著鋁製窗框。

林先生像被嘲笑似地坐在床緣，他想起昨夜因為天氣變冷，所以入睡時根本就不曾將窗子打開。想到這扇煩惱著他一整日的窗戶壓根沒開過，也沒讓郭家的廚房油煙沾惹他的臥室，林先生錯愕地坐在床上回想著今天發生的事。

二〇〇一年十二月二十五日

偷

他小心翼翼自櫃上取來監視錄影帶，謹慎撫去灰塵。

除了手上這卷貼注著「重要內容，勿覆寫」的醒目標籤，其餘空白帶子全是包裝完整，像先備足了，等未來側錄某些重要內容，再填上時間、黏注標籤、妥善珍藏。

男人朝影帶夾口吹幾次氣，推進加盟這間便利商店時一併添購的監視設備中。

這卷帶子已經看了十數次，機器捲動聲發出，他依舊傍著袖子揩了揩溼糊的雙眼。

男人沉沉嘆了，雙手含起蜂王黑砂糖香皂搓洗，一邊對著螢幕中井然有序的空店景出神，畢竟他等待的畫面還在後頭。

因此，男人更多的注意力是放在洗手上的，這似乎也是他每日清晨將櫃檯交給早班職員後，退入休息室內洩除壓力的儀式。

從右手拇指肉順節而上，繞過虎口，以左手食指捲扣右手食指，順時針旋轉，遇到指甲縫，便用左手拇指甲輕摳，然後再沿著幾個突起指節，將中指環圈著起泡。男人通常會在此時拐彎洗上手背，並趁勢將小拇指連同掌側洗淨後，才翻入掌內，由下而上搓洗無名指。熟悉的蘆薈與蜂蜜甜釀味鑽入鼻。

右手完了換左手。

步驟相同，祇是最後洗到左手無名指前，便倏然停止，步回洗手檯沖水。

婦人此時正好進入螢幕畫面。

比起一整串細膩琢磨的搓皂過程，水龍頭下的雙手顯得急促不耐，特別是男人沖洗剛才避開的左手無名指，動作格外粗暴。

那是自第二指關節以上，光禿圓滑，宛如被利器截斷的無名指。男人經常用拇指頂磨圓禿的截面，然後往掌心拗折，將短人一截的無名指藏於中指與尾指間。

男人不喜歡這樣的無名指。拿東西經常掉，發出聲音讓他心煩。

「Trèem 你看 Mẹ，食指中指一起，這樣。」

印象中，童年全是母親拈起土褐色的食指中指拇指，叼著東西在他眼前晃來晃去的畫面。那左手，她說那年父親見了，面孔一緊，嫌惡推開。產婆情急，硬往懷裏塞，見那左手興高采烈揚起，自己登時嚇得暈去。

母親說完向後一躺，也不管噴滿髮霧粘了一夜男人菸油味的頭髮，搖起串滿廉價塑膠手環咯咯大笑。

那個星期天母親買了瘦肉韭黃餃皮兒，兩人包了下鍋煮，吃兩頓剩五十來粒，恰是一個男性兩餐的量。母親原想送鄰居省事，穿好鞋站門前想了想，又脫鞋進屋，將生餃子連盤凍了。

保定新村裏還怕餃子不夠吃？男孩多少個晚餐就是靠巷頭尾廖家老陳攤子的水餃

餬口，有時自個兒熱了母親留的豬肉河粉，雖然幾次望了街口那間二十四小時亮晃晃的便利商店裏，總有人捧著熱便當呵氣，但男孩嚥嚥口水，用拇指扳了板無名指，總是壓下了。

「你Cha，留了皮箱，就走了。」

初聽母親這樣說，男孩以為自己兩歲那年死了父親，幾年後才從蹺課蹺家的同學身上明白，離家出走這檔事不分年紀、老少咸宜。

或許是母親口音太重，許多事，是後來她痴呆後，才慢慢在男人腦中拼湊成形的。她說十六歲嫁來台灣，才嚼父親的口學中文；五年後丈夫走了，祇得挨在市場聽人說話，偷中文。

母親說老家的外公外婆哥兄全等她寄錢，一季一次，說鄰村某氏連丈夫紅眼金龍腰帶釦、頂珠玳瑁金夾鋼筆都能寄，甚麼都好。

甚麼都好，是啊，兒子連一聲爺還不懂喊，留了間政府派的眷宅便走。她想了幾天後，便撩起頭髮、釘牢耳環，換上從沒套過的黑網花吊帶絲襪，拿起剪刀一橫，剪開了橫跨南海的銀行存摺。

男人想起九歲那年生日放學，剛推開絞鏈處早爛光搖晃如浪的紅色木門，母親綻著一張豔色口紅、翠藍眼影、土褐膚色的濃妝臉蛋，衝向他咧笑。

「快來，Mẹ驚喜給你。」

她拎起他的手腕就走。

「Mẹ，書包還沒放。」男孩愣一下，跟著亢奮起來。

「生日禮物對不對？Mẹ，是不是Cha回來？」

母親煞停腳步，立刻又規律前行。「你Cha不回來沒關係，Mẹ陪你。」

「Cha怎麼不回家？晚餐吃甚麼？我好餓。」

「Trẻem忍一忍，等等回家桌上的Phở Bò都你吃。」

「又要自己熱Phở Bò喔？Mẹ今天有班？」

他仰頸看看母親今天的妝，腮紅濃得像咖啡蜜，拇指一邊摩挲光禿的無名指，折一折，像弄懂了一些事情之間，過去未曾料想到的關聯性，腳步頓了頓，慢下來。

男人如今回想，過去許多時刻，特別是童年，幾秒前弄懂的事物，往往一瞬間像拈捻不住，自左手指尖摔落，鬆散崩解，發出令他心煩的聲音。

他不喜歡那種聲音，倒是眼前赤身裸體蜷伏胸口的阿美族女人說喜歡。

「再弄一次嘛，再一次。」

男人順著意，滑嫩背上的左手尾指一勾夾，與食指中指捻成的劍訣，分別咬牢了彈扣兩頭的蕾絲鬆緊帶，接著，光禿的無名指與拇指朝內一擠，喀，清脆響亮，與拇指用力扳折無名指，發出的聲音一樣。

女人大笑，奶子從胸罩側邊煞了半臉，露出他熟悉的黑色乳暈。

若不是自個兒少一截，誰能這麼貼心，單手解開胸罩彈扣像藝術表演。女人見過太多笨手笨腳的雄性動物。

「你這手遺傳誰？這麼弄，連faloco'都讓你偷了。」

「那是甚麼？」

每次見面，阿美族女人總用不同方式讚美他，或許因為兩人最初，是建立在男方付費接受讚揚鼓勵的關係上，後來即便男人不再掛號看診，這位心理醫師仍定時給全了生理心理各方面的激勵，還是專屬的。

特別這種話，聽來渾身酥軟，上回說是偷目光、偷童貞，這回又是偷甚麼？算算一周兩次，不出半年該能兜足全套。拇指搓了搓光禿的無名指，男人盯向與母親同樣立體的五官心想，這個將丈夫丟在家裏的女醫師，的的確確在治療自己。

他告訴阿美族女人，父親之前在大陸曾試著偷過共軍的耳朵。他們說摸哨的刀子得由耳垂向上鉤劃，才不致於摸黑割偏，教刃口咬進頭殼裏。父親頭一回幹，漏了竅門，加上凌晨渡溪冷得直哆嗦，才挨近一個尉官，對方驚覺，肩上亮晃晃的銀勾一閃，揚手護擋，祇快上幾秒，他沒偷成耳朵，卻劃斷了尉官左手無名指。

這事幾個版本，母親每次說都不同，男人總怪她心性差，直至後來有次前往母親新搬的住房，自己在樣貌相似的療養院白走道中迷路，心中才驚覺，說不定母親壓根沒弄混，是自己這些年偷偷虛構變形了多種版本，做為認識父親的交叉線索；又或許最頭兒便是胡謅用來逗母親開心，真偽虛實不重要，看她最後還咿咿呀呀張著嘴，拚命擠湊想再說一遍，就能知道她丈夫自始沒從她心裏離開過。

「Mẹ，我來看你了。」

「她今天還沒小便，清潔用紗布都在廁所裏，要是等等需要我再按鈴。這周末計劃帶你母親去哪慶生？」

護理長一邊說，一邊整理窗簾，彷彿吻合了某部分記憶，而深陷時間裂縫中，窗口忽明忽暗的光線，映著母親身線模糊的輪廓，融混了男孩從前看著母親每晚慢慢走出保定新村，街燈一明一滅圈出她豔色衣飾的背影。

好像不久前，他看過相同的光影律動，男人想起監視器裏的婦人，全身披搭各式破爛衣布，她襤褸蓬葆，以一種奇異的停頓，拼組成穿梭於貨架間的移動路線。

似乎在極大恐懼下強迫自己將動作串連銜接，竊婦前胸緊貼著糖果貨牆，在雜亂黑線條跳動交會的瞬間，她原先面左查探的視線，跳轉朝右，再轉回朝左，然後緊貼商品蠕扭緩動，姿態謹慎滑稽。

有些動作躊躇起來像等著甚麼，時間隔久了，男人一度誤以為監視畫面將如此定格直到最後。他折了折無名指，腦中閃過那張父親留下的連隊團照，褐棕色的軍人們也像等待甚麼，而最角落父親的影子侏儒般瘸矮怪異。

「肏你媽的屄，要是在大陸，老子包準教你跟這小王八蛋吃香喝辣。」

每次母親揪起嘴唇模仿父親，總讓他發笑。特別是「肏」讓母親念得像「Cha」，父親的意思。

他想起有一段時間，自己著迷於在家中大小物事上貼貼紙，那種街上派送的廣告小貼紙有著貼黏後難以清除的特性，因此當時無論電視椅子冰箱床頭櫃梳妝台，一切家庭基本配備的家具家電上，都沾粘了貼紙刮除不盡的膠渣。

特別是躲在一旁看母親嘴上邊叨念邊撕膠紙，總讓他心頭一陣暖，笑瞇了眼；為了這個癖好，男孩被母親數落過幾次，但好像能在形式上擁有了、占據了，他就是改不掉這個令他心安的癮。直到那天清晨母親一回家，板著臉將男孩扯下床。

「你看，這個。」

她從金蔥提包掏出一團互相沾粘的廣告貼紙，氣得罵道：「Cha你媽的屄，Cha你媽的屄。」

母親痴呆前幾年告訴男人，那些廣告紙是客人從她內褲屁股上撕下來的，一邊一張，寫著「國貨好」、「最可靠」，她不知道甚麼意思，當刻想起肯定是兒子頑皮，心裏噗哧發噱；但轉念一想，兒子幾乎每晚獨自吃晚飯做功課，時候到了自己上床睡覺，鼻頭又酸楚起來。

「Mẹ今天有班？」

「Co，晚上不要等Mẹ，這個，生日快樂。」

九歲那年生日，母親讓他在村口的便利店前站了會兒，幾分鐘後急忙拉他縮進店後窄巷，然後自金蔥提包中掏出手掌大小的進口糖果棒。

男孩咧嘴憨笑，這是他生平收到最貴的禮物。他用拇指扳了扳無名指，撕開包裝，一陣花果甜香撲鼻有如置身花園。

他記起母親曾說父親提過的老家，攀過海，便湧入眼鼻的遼闊，是璀璨編寫著千年歷史的浩瀚祖國，一世一代緊密銜扣羅列，絕非與年僅十六歲膚色黝黑的越南新娘肩併肩填寫公證結婚申請表，才赫然驚覺這一覺眠夢，竟遺缺斷漏的甚麼？父親說，二十三歲隨國軍轉進台灣至今，醒得太晚，悠悠晃晃，似乎全被偷了精光。

「台灣好多不可以，你Cha怪我，拿刀懷孕，說是報應，甚麼詛咒，四五十歲人亂說話……」

男人磨頂著光滑圓禿的無名指，試了再深想些，卻總停斷於此，畢竟這事母親祇囁嚅提過一次，她從中偷走的某些事實，如今已無從考據。

兩個先後抵達寶島的父母親，他們占領著確信自己擁有甚麼的念頭。直到男孩兩歲那年，父親才用當初逃過海峽，斷續不連貫的步子隱匿於後來男人斑駁崎嶇的記憶中。

「你們有一樣的眉毛，」阿美族女人手指順順他的眉毛後，指了泛黃走暈的軍旅照，再推著自己眉尾，「貨真價實，我mama也這麼濃，九歲那年豐年祭跟幾個叔叔去捕魚，就沒回來。」

「你還記得？」

「等生活穩定，應該會回部落看看，但不可能回去了，對我而言，現在是冒險偷來的。」

「有誰不是？」

「祇有這樣，我才能確認自己的的確確擁有了。」

我𠯿你媽的屄。𠯿。

凌晨阿美族女人離開前佇立門口良久，激動哭著朝男人深深彎腰鞠躬，那聲謝謝哽咽糊開。隔年信箱收了張白胖娃兒照片，才明白女人父親走得早，她記憶裏的父親聚焦成因感染截去右腳拇趾的怪異模樣，五官面孔全沉入海底，直到男人求診，填件時牢壓著表格的左掌，才停了自己這些年來飢渴覓人般大量陌生的性開發，用無關祖靈的身體一次次掏摸他、填滿自己，然後受孕，離開。

知道那樣雜錯著印度支那與赤縣神州的混種血緣，偷了在別處傳種，男人自身反倒架空般，少了可以證明鄰近的遠方與自己緊密卻生疏的關連。他覺驚眾人閃避而慌惑的目光，在自己土褐肌膚上毫無落足的餘地。

直至今日，男人不曾對任何人提起，發現母親昏迷於清晨飄膩著精液腥臭與女陰鹹臊暗巷的當晚，他在水龍頭下將一雙手洗得破皮出血，蘆薈與蜂蜜的皂甜味漲溢整個鼻腔。金蔥提包在汙水上撒了一地進口糖果。

男人拿起一個剝開含在嘴裏，再剝了，放母親嘴裏。

「Mẹ，看這裏，這是甚麼，Mẹ？」

母親望向遠方憨笑，讓他唐突憶起幼年，她每次自提包內竊竊掏出的禮物驚喜，衝向他歡快燦爛的嘴角。

「Mẹ是嫁來台灣，才學中文的。但你永遠是寶貝Trẻem。」

「Cha去哪？怎麼不回來？」

「Người Ra Đi Vì Đâu.」男孩左手拇指摩挲著無名指，扳了扳，才伸出讓母親握住，「不怕，以前Mẹ賺錢，現在Mẹ還在，Cha不回來不怕。」

他總說，在大陸吃香喝辣，在台灣屌你媽的屄。

那天產婆抱了湊近，才正想撥弄，眼前小手揚擋，父親面孔一緊，嫌惡推開。就快了幾秒，尉官冒血的左手握起刺刀劃斷了父親的軍旅生涯，隨船來台灣還躺纏快半年的病榻。

眷村裏同鄉接連送了幾天餃子麵條沾喜，說是父親晃到了四十五才婚，卻一桿子入洞不容易。原該熱鬧有後，卻愈想愈毛，叨咕了兩年，連渡海的皮箱也不要，趁夜逃出了保定新村。

但男人擺脫不了這樣的無名指，他得併起食指中指才能勉強拈起東西，看上去怯生生，故意放輕動作似。特別是眼前這一箱子物事，一一撿挑起來，活像小偷行竊，這明明是父親遺下，有壯陽虎鞭丸、天然養生羊眼圈、印度神油、西班牙粉紅金蒼蠅、一炮到天亮、金槍不倒丸、十鞭丸、偉哥二代、久戰超人、藏鞭佛寶、硬三天、五夜神，還有六粒用錦盒慎藏的金屬丸。

能否能用的，那一年內全在阿美族女人面前嗑盡使足了，遺下六粒指甲大小鋼丸子連盒收進櫃裏上頭，他們說那玩意兒安了算轉大人，但男人怎麼也提不起興，在鏡前端詳自己短人一截的無名指，掀唇學母親：Cha你媽的屄。

每次轉到政府提倡外籍母語教學，了解媽媽故鄉的廣告，男人總停下遙控器，跟著念誦電視內印尼語、泰語、菲律賓語、柬埔寨語、烏茲別克語的陌生問候，包括越南語。

「你Cha說他，甚麼都被偷了，這些年，哪有這麼容易？」

「Mẹ你呢？你甚麼被偷？」

母親笑了，搖搖塗滿鮮紅指甲油的手，然後哭泣起來。

「意思是『為甚麼離開』，我再念一遍，na mi li yas ki so.」阿美族女人舌尖拍打出異鄉人耳底海浪的聲音。

「na mi li yas ki so.」男人頓了頓，「Người Ra Đi Vì Đâu.」

那張有著濃眉的娃兒相片被男人收進皮夾，壓疊著父親褪痕的軍照，至今也兩歲了罷，每回瞧見，總想起阿美族女人曾一次歡好後，對他曉以大義偷與搶的不同之處，她說，搶是掠奪強占，偷卻是不知不覺間，使自身與被竊物達成一種巧妙和諧，那一刻，連被竊物都將誤以為偷者才是真正的持有者。

那天男人謹慎脫去母親每日更換四次的紙尿褲，在混塞了消毒水氣味與蜂王黑砂糖香皂的蘆薈蜂蜜甜膩中，看她空洞緩慢踞上馬桶，那是有別一般坐姿，猴兒蹲樹般，雙腿夾開、足尖踮踩，遺世獨立於所有他所能回想起的任何語言之外。

當涓滴的尿液濺起一陣水聲，男人突然明白兩歲那一年，自己與母親生命中宛如被竊般猝然消失的父親，應早已不在人世。

㑚你個屄。

「你和我的母親一樣可悲，自以為偷到了一切，到頭原來自己卻被竊個精光。」

男人說完不等語音直接切斷電話，纏縛自己三十多年來雜混的原罪，一瞬間崩解稀釋。那些被掏空的軀殼，父親母親阿美族女人與自己，像後來幾近空城的保定新村，還飄蕩從前母親清晨返家，綻著一口豔紅，棲於男孩枕邊輕哼的家鄉小調。

去年好不容易兜足加盟金，開了自己的便利商店，男人似乎就等著這一刻。周末黃昏，他在確認「本日暫停服務」布告紙依舊黏牢玻璃電動門上之後，裝妥一卷空白影帶，啟動監視錄影。

男人拇指磨了磨無名指光滑的截面，往掌心折拗，藏於中指與尾指之間。

母親正好進入螢幕畫面。

她側身緊貼櫃架，匍匐於糖果貨牆前，這些年痴憨的眼底，閃現一絲祇有此刻才有的興奮期待。停頓穿梭前進，她還一面留意玻璃落地窗外，好像外頭甚麼人正等著。

男人監看至此，背起桌上的小學生雙肩書包，自後門而出，不慌不忙用鑰匙鎖妥了辦公室門，躡至店側潛潛等等。

他看了看錶，幾分鐘後療養院的車會來將母親接回，到時他也將換掉這身訂製的學生制服，收好等明年母親五十八歲生日再拿出來穿。

不知哪家煮豬肉河粉的氣味飄了開，男人聽到便利店開門的叮咚聲，然後順著被拉進了窄巷，他折了折無名指，張開眼，看著母親自提包中掏出手掌大小的進口糖果棒說：

「Trèem，這個，生日快樂。」

二〇一一年五月二十九日

鞋子

自我爆破營課程簡章
時間：兩天一夜（周六、日）
第一梯次：一月三十日、一月三十一日
第二梯次：二月六日、二月七日
第三梯次：二月十三日、二月十四日
地點：C大學大禮堂
招收人數：每梯次二十五人
參加資格：凡對人格突破及自我意識建立有興趣者皆可報名
（建議大專生三年級以上、大學二年級以上學生參加）
費用：新台幣一千元整
（包含食宿、講義材料、活動期間交通費用）
報名方式：C大學輔導中心領取報名表格，填妥並於一月五日前繳回報名

寒假開始前的某天早晨，我發現我的鞋子少了一隻。

和平常一樣的早上，刷過牙準備上學前發現皮鞋少了一隻。放哪去了？我一邊回想、一邊盤算今天應該穿不著；但看見散落在玄關的鞋子，不自覺為生活品質低落嘆氣。

「喂，有鞋架也不用，鞋子到處亂丟。」我大叫。

「來了，」室友的聲音從浴室傳來，「來了，馬上就來。」

盯著屋內的鞋群，企圖一一辨識，找出我的皮鞋。

玄關的鞋子大約十五雙，聚向鐵門半圓形排開。一只最接近鐵門，算是這個半圓形鞋群圓心位置的白底藍面室內拖鞋，顯示室友的女友不在屋內；而這雙拖鞋的另一只則翻倒在鞋堆的最外緣。

在倒翻的拖鞋下，是一只紅黑相間的Nike喬登籃球鞋，而另一只喬登籃球鞋則與一只藍色的New Balance工整地擺在鞋架前，似乎這兩隻才是一對。

橘色泡棉海灘鞋兩只相距遙遠地隔著眾鞋如同在大西洋兩端互望。祇有一雙綠色New Balance、兩雙黑白相交的籃球鞋、一雙牛皮色小筒靴、一雙亞瑟士慢跑鞋、一雙黑色馬靴及一雙白色Reebok，是兩兩相隔較近的。除此之外，還有兩雙深褐色雨鞋像不屬於鞋般地遺世獨立於大門柱旁，是少數擺放整齊的鞋子。

其餘凌亂的鞋子，不祇紊亂，更因為沒有一致的方向，像極了奔走至此卻不知該往何處而神色慌張的腳印。

要開門出去時，得踏著不認識的鞋步步驚險地向前，絕不可能先伸手開門，然後唰地跳過去，因為鞋陣的範圍實在太大；也因為如此，若是想清出一條走道，再好整以暇地開門外出，又嫌麻煩。

我看著孤落在鞋堆左側的鞋架，上頭掛著一條布滿毛球的毛巾、一個蘋果綠鞋拔及一隻不知多久前便倒插在那兒的黃色雨鞋。

室友緩慢才備妥，我穿著全白跑鞋騎車載他一同前往學校。

「下午才彩排結業式？」我問，「是不是要穿皮鞋？」

「應該罷。」

進教室時班長聳肩在黑板最右側寫著下午到校時間及彩排結業式的事。

「怎麼辦？我沒皮鞋穿。」我把便當盒中最後一口高麗菜吞掉，眼睛盯著電視問室友。

他在吃完的空便當盒上捆上橡皮筋，起身進了廚房。

「我的柳橙汁呢？」

室友大聲問。

「喂，有沒有聽到我說話，我的鞋該怎麼辦？」

「管他，反正又不檢查。」他不知道從哪拿來番茄汁，嘖嘖地喝起來。

「怎麼有這個可以喝?甚麼時候買的?」

「你就隨便穿雙鞋去啊,誰規定結業式一定要穿皮鞋,更何況是彩排。」他喝完把瓶子晃了晃,「我下午要穿涼鞋去。」

話一說完,四周便靜了下來。

手表的針指著午後一點二十三分,電視中陳三五娘歌仔戲已經播完二十三分鐘了,若是平時,這便是匆匆忙忙趕去上下午第一堂課的時間,但因為今天兩點才需要到學校,這段多出來的時間反而不知道該做甚麼。

「喂,你睡不睡?不睡的話兩點叫醒我。」室友往他的房間走去時,瞄了一眼電視,「又是郭金明,要重播幾次啊。」

嗯。

我含糊應了一聲。

電視裏頂著黑人蓬蓬頭的郭金明依然緊身裝扮,閃亮的服飾配件讓她健身過的女性肌肉像要隨時爆炸般,在舞台上動感地高歌。

入冬了,晴朗的陽光烈得連黑色的窗框都鍍上了白銀。我瞇著眼看向窗外。

鞋子呢?怎麼祇剩下一隻?

兩年前父親買了這雙皮鞋給我,算是他出國前給我的紀念禮物。黑色皮面的鈍頭鞋，素色沒有多餘花飾。自小到大，喜歡或自己購買的僅限於布鞋、球鞋，或遇正式場合湊合穿的羊皮休閒鞋，總覺得皮鞋是給上了年紀的人穿的。

父親當初買這雙鞋給我時，並不特別為了甚麼原因，祇是送了鞋後他便離開了。

從我懂事以來，與父親的感情一直很生疏，不像一般家庭父子關係。一般的父子關係有些可以親暱和諧地像朋友；有些雖然冷淡，卻也能聊聊天。我和父親則是形同陌路，一年說不到二十句話，有時看著他在餐桌上默默地把飯塞進嘴裏，真不敢相信自己是他的親生兒子。

雖說如此，我與父親卻也不是交惡，不知道是甚麼的冷漠橫置在我們之間，似乎祇有沉默適合我們，即便有要事溝通，也需要透過我母親。

父親出國後，因為面對的成為無語的皮鞋，對父親那種巨核般的疏離也靜靜變淡了。時間久了，每當穿上皮鞋時，那種他生活在另一個地方的感覺竟然也會像敲門一樣地提醒我。

電話突然大響，我仍舊想不起遺失的鞋會去哪。

喂，找誰？

「他又在睡覺哦？」

「對啊，」是室友的女友，「他在睡覺，」

「叫他兩點半來載我，我要去海邊。」

「不去結業式彩排？」我看看腕上的表。

「不去啦，甚麼結業式，多無聊，不就跟神經病一樣一堆人站在那邊耗時間。」

哦。

「兩點半，不要忘了。」

話筒嘟嘟低鳴著，我掛上電話，進房叫醒室友。腦子渾渾地，之前想著皮鞋的事，而現在又想著是不是也該蹺下午的彩排。

晚上，我和室友在客廳翻找鞋子。

「你想一下大概會放在哪？最後一次是甚麼時候穿的？」

我忘了。

「忘了？」他屈身站起，「想一下嘛，最後一次穿它是甚麼時候？」

「一個禮拜前罷。」我打開窗下的櫃子說。

「你不確定？」

「我真的忘記了，好像是要去哪……去哪才刻意穿的。」

「哪？」

停下手邊動作，想了許久，真的一點頭緒也沒有。

我和室友又低頭繼續尋找起來。門口的鞋堆、鞋架、棄置不用的鞋櫃、客廳左手邊那一整排窗戶下的牆櫃、電視櫃、沙發下、餐廳堆置雜物的桌子下，以上這些地方的前後左右、牆角、家具銜接處及許多以前目光不曾到過的地方。

也因為抱持希望，甚至反覆檢查了祇有一雙鞋的空鞋櫃或明明就沒有東西的沙發下。

「你的鞋子真不是普通的多，整理一下好不好，丟成這樣。」

我第三次搜索門口的鞋堆。情緒有點惡劣。

「好像就沒你的？」

「喂，你的鞋比較多罷，這雙、這雙、這隻，還有，」我指著膝前五彩斑斕的鞋子，「不知道的人進屋看到還以為我們這裏辦活動，不是有鞋架麼？櫃子也可以放啊。」

「說我，靠，你就放了？」

有哇。我順手指了鞋架上倒插的黃雨鞋。

兩人同時看向鞋架，因為地上鞋堆的關係，突然從繁雜的視野看向清素無物的鞋架，兩眼竟有點眼花不能適應。等回過神，室友緩緩地說：

「你裝傻啊，那是之前學長留下來的好不好。」

我並非不知道或忘記架上除了那雙黃雨鞋，壓根兒沒我的鞋，祇是信手拈來，理直氣壯，看能不能唬唬他。

他瞪了一眼，又繼續把剛才已確認過的牆櫃再一一打開。

我有點喪氣地跪坐下來，無奈地望著鞋堆上方的空間，幻想遺失的皮鞋可能會無聲無息地在我們未察覺時回到鞋子該在的地方，或是讓人容易找到的地方。

「對了，上次我聽說你說那個甚麼心靈成長的活動結束沒？」我忽然想起。

「幹嘛？你又沒興趣。」

「隨便問問。」

我把腳前一隻倒放的慢跑鞋翻正。

「早結束了，兩個月前就結束了，」他把口中乾叼的菸點上，「他們之後還辦過人際關係研習營。」

「怎樣？」

「甚麼怎樣？」

「過程啊，或者有沒有感想甚麼的？」

他愣了一下。

「你怎麼突然對這個有興趣？」他聳著眉說，「終於發現自己心理不衛生，需要建設了是罷。」

「沒啦，無聊問問，你不想說就算了。」

我又低頭整理散亂的鞋子。突然窗外一聲細尖的煞車聲刺破我和室友因為尋找皮鞋而滯溺的倦乏枯燥。
兩人循聲奔至應可看見肇事情況的窗口，但甚麼也沒有，也許不是我們眼前的馬路發生事件，而是呼吸與我們相同空氣的女孩在遙遠某處的尖叫傳進千萬不該的我們耳朵。
是那種大家手牽手圍成圈坐在地上聽著奇怪音樂的活動罷。
我問。
隔天晚上室友陪女友去另一個城市逛街，我交代他幫我留意是否有與我遺失皮鞋相同的鞋款。在那個確定找不到鞋的夜晚，我便灰心地聽了室友的建議，畢竟，買一雙新鞋祇是花些錢，卻能省去不少麻煩。
室友不在的房子顯得安靜。
大概晚上九點多了罷，不知是仍在下雨或是剛下過雨，車子經過窗邊馬路的滋滋聲不明原因地吸引我仔細聽著。
車子滑行的聲音由遠而近，由小至大慢慢傳進，然後快速劃破窗口，最後變成漸薄的聲響，一輛又一輛。我闔上眼坐在微暗的客廳裏聽著這種無奈的反覆，一種空洞的惘然被陰暗的呼吸聲延續著。我無意地留神車聲及微弱均勻的自己的呼吸。電話不知何時便規律地在茶几上響著，等聽到，並起身去接時，已戛止在黑夜中。

上午十點，我稍微將客廳整理，室友準備出門。一邊清理著餐桌上烤麵包機落出的土司碎屑，一邊看著他傾身站在門口尋找鞋子。

「有課哦？」

「你，」他頭也沒抬地說，「有沒有看到我那雙喬登12？」

「愛亂擺哦，找不到囉。」雙手擦著麵包機頂蓋，朝大門探看。

「我記得放在門口，怎麼沒看到。」他皺著眉頭，目光在地上亂掃。

「一定要穿那雙？」

他轉頭看看我，沒說話。

「穿別雙嘛，鞋這麼多，還怕沒鞋穿？」

他悶哼一聲，就近取了Converse帆布鞋。

「喂，我上課去了，」他關上大門前回身對我說，「你問的那個心靈成長，他們寒假辦了新活動，簡章在我桌上，你自己拿去看。」

我決定和他參加那個有關意識建立與人格突破的團體活動。由於時間在二月上旬，我們計畫先各自返家，活動開始前幾天再回這裏一起過去。

結業式當天我穿高筒球鞋參加，證實了室友的話，也沒怎樣。甚至發現不祇我一個鞋子不合規定，許多人不是布鞋就是花色籃球鞋，也有人踋著涼鞋就跑來。別說一般老師學生，就連訓導主任也沒大驚小怪。

寒假計畫中除了和室友參加心靈輔導的活動外，我也決定一個人去中部山上散散心。

「那你不先回家一趟？」

母親在電話裏問著。

「看情況再說啦，我想一放假，先留在這裏整理房間，然後去中部走走，如果有空再回去；因為之後還要和室友參加一個活動。」

「哦，過年也不回來呀？」

「不曉得，反正年每年都過，不差這一年。」

說完話，我轉頭看向窗口，窗台上已經枯死的盆栽隨著夜間過往的來車閃映橘光，然後消失。

話筒另一端像沒入海底的兔子，沉默在沉沒。我聽著話筒那一頭傳來似乎沒有或祇是幻覺的呼吸聲，而窗外夜車正一輛輛呼嘯而過。

「那個……」

「媽，我要去休息了，你早點睡罷。」

掛掉電話，看下窗外，三樓不高，街邊橘紅路燈好大好亮。我看看壁鐘，七點三十六分，永遠的七點三十六分。不知自何時開始，這鐘的時間便不再改變。

我回想電視節目播畢的時間，現在大概凌晨一點罷。

出發前幾天由氣象預報得知今年冬天將特別寒冷，保守估計的冷氣團將會出現三至四個。今年會是個又溼又冷的冬天。母親在我離開前一天來電話，提醒別忘多帶冬衣。也許這一行將會碰上寒流。

「如果下了中部，天氣真的很壞，臨時決定不去山上，可以先去你叔叔家借住幾天。」

注意安全。

這是她掛上電話前說的話。

在中部市區住過一天，隔日搭車上山。我默默看著不遠處販售零食的小攤子。天才剛亮沒多久，整個客運車站溼溼的，人也不多，因為這樣，客運站並沒有像一般車站播放著音樂，若是有，我想應該也是尖聲吊嗓的日本早期歌曲。

販賣部小姐雙眼呆滯地盯著遠方。賣的東西很多，雜誌、報紙掛在頭上，飲料凍在身後冰箱中，而零嘴、餐點便擺在身旁的玻璃櫃上及其中，看過去就像鑲在滾花綴邊相框中的女主角。我向她買一本過期雜誌及楊桃汁。

車來了，我背上行李上車。陸續上車的人更少，兩個二十多歲的女孩、一個睡眼惺忪背著背包似乎也是去旅行的女人及提著菜籃的阿婆。

車子可能因為乘客太少的關係，空氣溼冷得厲害，有一種消毒水的味道。我深吸一口氣，車便開了。

由中部客運車站出發到山上，大概要兩個多小時才會到。我選了靠窗的位置，頭半倚使自己入睡。

很多人說父親與母親的婚姻是天作之合，用郎才女貌讚美一點也不為過，也許是身為子女的關係，我並不覺得父母親有任何特別，或真是介於兩者完美無瑕的連結之中而羨煞了眾人。

我並不十分理解這樣的關係或是完美程度，像扇形與缺角圓之間的互補？或是一雙筷子的極致相似？

「你知道麼？這樣使得扇形與缺了一角的圓的對比認同逼近零，可利用的，也祇是期盼融合後的完整。若是如筷子般底組合，又因極其相似毫無差異，而喪失了最初結合的意義。」

是不是正因為如此，祇要任何一方失去了另一半便喪失其存在底價值？

我睡不著，連眼都闔不上地失焦盯看著窗玻璃。

窗外的景致一條條像應該發出咻咻聲地向後騰飛。司機也許偏好安靜，並未播放音樂的大型巴士無聲地前進著。

「對不起，請問你……」

轉頭，一位頭髮及肩並蓋住耳朵的女孩輕聲在我右手邊問著，像深怕擾了整車子的寂靜。

「對不起，你有火車時刻表麼？」

我從背包拿出來給她。她道謝後坐回右前一排靠走道的座位。

「喂，借來了，」她和同行的另一位女孩說，「你在幹嘛啦，我借到了，快點查完還人家。」

「你看，我在訓練自己的眼睛看窗外的東西，雖然說車子很快，但是我發現哦，祇要把目光停在最前面，然後快速轉動眼睛，你就可以在風景快跑出窗框前看清楚想看的東西。」

我試著做了一遍。先注視身邊窗框最遠的景色，並以相同客運行進速度轉動眼球，使景物得以在眼中充分成形，如此辨識一閃即逝的物體。

再興紙廠、雙子檳榔、觀音寺前行五百公尺、在此丟垃圾絕子、請喝可口可樂、幹你娘、立案觀光果園開放時間、便宜勞工。

低聲一一念出用這個方法看到的文字。

「神經病，小心眼睛壞掉，先來看時刻表啦。」

「喂，你看，比較靠近我們的花花草草反而比距離遠的東西模糊，看來美麗的風景和觀眾保持距離是必要的。」

「在說甚麼啊，到底大大後天是要搭幾點的車啦？」

我因眼睛疲倦而閉上休息。原來看清楚一件事物如此傷神。

途中休息了一次，兩個半鐘頭便到達終站。

一下車，沁寒入骨的冷空氣便湧進胸口，忽然覺得車廂內真是溫暖。我淺淺地吸了一口氣，先是鼻翼然後鼻腔地整個涼進腦子，連口袋中原本暖烘烘的手也變得冷了些。

我和女孩告別後朝旅社叢集的街道走去。

雖然是寒流將至的冬季，但山上的太陽仍溫暖照著，晴空萬里，連雲也抽成絲輕掛在伸手可觸的藍色中。

眼前三五菜販，有些聚攏、有些獨立於路的一邊。小型貨台車上的紙箱裝著滿是一顆顆翠亮的高山高麗菜。

「對不起，請問以前有很多水果攤，怎麼都不見了？」

一個正在低頭整理高麗菜的原住民女人抬頭看我。

「冬天呀，冬天沒有水果的啦，吃吃高山菜，也很好吃。」

「喔，冬天山上祇賣菜？夏天才有水果？」

「對的，果樹冬天要剪枝，剪枝你懂麼？」

揀枝？不懂。

原來冬天與夏天的山上截然不同。以前來這裏的印象建構的全是夏季，豐盈的太陽、耀人的水果，一入冬，全變成口中呼出的白氣。

原先預定的飯店竟然在維修，而對面的賓館在詳問之下才知道幾年前便列為違建而停業了。

我站在路旁往下的階梯入口處俯望著廢置的賓館。需要拾級而下的賓館座落在主要道路旁的崖壁邊，僅露出招牌孤單地立在路邊。賓館周圍圈著似乎圍了很久的黃塑膠警示布條。

最後我住進一家外觀不怎麼樣的旅社。

第一次來這裏是隨同父親公司的自助旅行，員工家眷多半一起出遊。那時年紀小，印象很淺，祇記得這個山上與其他觀光山區沒甚麼不同，記憶比較清楚的大概是甜滋滋的水果。

年紀再大一點，父親便帶著全家來這裏度夏避暑，住的便是員工旅遊，以及我原先預定的飯店。夏天這裏有清爽的陽光及涼淨的風，而看過去不論遠近的翠綠根本不容來過的人遺忘。

第三次來這裏是和上上任女友，待了兩天，整整四十八個小時全在賓館裏做愛，至於其他，也祇剩山區特有的電視雜訊及三餐了。

雖然如此，卻不曾在冬天上過山，以前來的理由說是避暑，山間，涼快，怎麼也沒想到這次會在冬天前來。似乎這是一個祇有夏季的山，每個旅客的記憶祇有她夏季輕逸的容貌。真的不同，是不是連春、秋都有各自景色？或者每個月、每周、每天，這裏的風景都不一樣？

我望著山頂上著名的池子發呆。

水潭旁的小洋房曾是一位總統的驅暑別館，現已無人居住了。

完全的安靜在除我之外的一對情侶下山後便像山上的霧一般在黃昏降臨。天色灰暗，我趨身向前，想貼近窗子窺看洋房屋內。

陳舊的家具，似乎連屋子裏的空氣也有著古老的氣味。屋子十分潔淨，應該有人定時打掃。

我看看表，還是去搭車罷，免得錯過最後一班車，我便回不了旅社了。

霧更重了。

「等很久哦？」

「不會，我還以為沒搭上最後一班。」

上車坐定後，司機笑著問我。車內空氣和車外一樣凍人，玻璃窗起了濃濁的水霧，祇是水霧似乎結了很久，多半都凝成大滴的水珠小心懸掛在玻璃上。

「祇有你一個人啊？」

「嗯，後面沒人了。」

「我們再等十分鐘就開車。」司機看看頂上的鐘。

山區的夜來得好快，前幾分鐘還是晴日豔陽，下一分鐘便要圍爐小酌的山區習俗。

「一個人來賞雪？」

「啊？有雪呀？我不知道有雪。」

「不曉得溫度夠不夠低，今晚有個強烈寒流，夜裏有可能下雪。」

真不同，以前來都是夏天，差點誤以為這樣的山區不會有雪。

「每年都有麼？」

「你指甚麼？」

「雪啊。」

「不一定，已經好久沒下了。」

已經好久沒下了。

在他說完這句話後，我們倆都靜了下來，似乎他剛才說的是「掰，再連絡」這樣告別的話。

我們一同默默呼吸著冰冷的空氣。

「你是這裏人？」我試圖尋找話題，以免落入黃昏總讓人無語的陷阱。

「不是，這裏原來祇有原住民，我也是中部人，來這裏工作，後來在這裏娶某生仔，會聽台語？」

「嗯，不太會說。」

「哦。上來就找這樣的工作，一開就十九年，其實也輕鬆，一天五班，定時開車，月休四天，平時沒跑車就保養車子，公司一人派一台嘛，所以算不錯啦。」

「那你們跟下山去中部的客運是同公司麼？」

「比較新的車就去跑那一線，像我這種是比較舊型的。」

回旅社前順路吃了晚飯，天氣冷得不得了，原先想洗過澡後便窩床上，但晚飯時聽老闆說今晚有夜市可逛。還是先回去洗個澡，換些暖點的衣物再上街。

山上的夜市我還是頭一次逛，可能是近來觀光業拉攏旅客的手腕罷，但或多或少可以消解都市人夜裏不耐寂靜的個性。

這裏的夜市與都市並無太大差異，祇是花樣少了些。我注視著烤香腸的小攤，白蒸的霧氣在橘紅燈光下好巨大地膨脹。

人好少。

數十個攤位也祇有少數幾個有人光顧，「要過年啦，你沒看店裏祇有你來住，現在是淡季，冬天沒人要上來。」我想起旅社老闆說過的話。

往前走幾步，兩旁攤子的老闆都在聊天，我留意到一個賣鞋的。

「隨便看看，喜歡可以試穿。」

賣鞋的女人用手把鬢髮撥到耳後。

我站在擺滿鞋子的藍白條紋塑膠布前，巨大的身影投覆在一部分鞋上，我竟然不自主地尋找是否有與我遺失的皮鞋相同樣式的鞋款。火橘色的大燈泡在頭上輕微地晃動著。

「先生要不要試試這一雙？」

順著她手指的方向蹲了下來，看著鞋子，那是一雙黑皮亮漆的皮鞋，很傳統的綴飾接在鞋舌上。我打消拿起來試穿的念頭，抬頭瞄見賣鞋的女人自顧看著小說。

為數眾多的鞋子整齊排列在高山的冬夜裏，紅橘的光暈滿整個鞋攤。我看著待販售而被擦得晶亮的皮鞋，皮鞋仔細地映耀著橘亮光點。

似乎這是宿命，我們從來就必須遵守的法則。

我用手背按著莫名酸澀的雙眼，站起身。

「再看看嘛。」

她見我起身就走，急忙說。

嗯。我頭也沒抬應了一聲。

站直身子，偌大的身影又覆壓在為了販售而排放整齊的鞋上，那一刻，目光沒停地胡亂掃視著滿地的鞋子。

我在幹甚麼？

我要幹甚麼？

「小老弟買鞋啊？」

「咦，是你。」

是傍晚末班由山頂池子下來的客運司機，他一身綿厚的運動服裝，看來也是洗過澡四處閒逛。

「你一個人呀？沒帶老婆出門散散步。」

「我沒跟你說麼？老婆帶女兒回娘家過寒假了。」他把拉到下巴的外套拉鍊鬆到脖子，「來來，既然又碰面，我請你喝兩杯怎樣？」

我聳肩表示沒其他意見。離開夜市時賣鞋的女孩仍專心地閱讀手上的小說。

「學生很好囉，像你這樣，愛去哪就去哪，結婚就不同款了。」他說完把一塊燒酒雞送進嘴裏。

「還好，」我說，「怎麼那麼年輕就想結婚？」

「沒辦法啊，二十三歲把人家肚子搞大，不娶能怎麼辦？我現在四十一啦，有時候開車載到漂亮女生就會怨嘆自己太早娶某。」

「早點結婚安定下來也不錯，更何況還生個女孩，」

「係呀，查某卡乖。」他喝口酒咂咂舌，「歹勢，我講國語你聽卡有。」

「沒關係，我聽得懂，」

「哈，順便讓我練練國語。」

我點頭笑著，一塊鐵板豆腐夾至碟子前差點滑落。

「那你女兒今年不就……幾歲？」

「和你差不多，十八，」他晃了一下，「哇，我都可以做你阿爸了。」

「哪這麼誇張，我今年二十一歲，做我爸，想得美喲，做我叔叔還差不多，」我把嘴裏的炒青菜嚥下，「正好我有一個叔叔也住中部。」

「起肖，多吃點菜啦，」他笑著說，「好久沒有這樣喝酒，我老婆以前晚上還會陪喝兩杯，小孩大了就叫我自己去隔壁喝，說甚麼會教壞小孩。」

「少喝點酒倒是真的。」

「哪有，鄰居每次看到我來就泡老人茶。」他附耳小聲說。

「哦，酒鬼，連鄰居都怕你去他們家喝酒。」

「雞巴啦。」

他笑著把手中的罐頭啤酒飲盡，然後捏扁。

「還要不要酒？」

「你還要哦？先不要叫，我看一下還有沒有沒喝的。」

我檢查散落一地的啤酒罐，除了一罐尚未喝完卻不知為何被翻倒之外，多數被習慣性地捏扁的都已經一滴不剩。還有三罐未開。

三手啤酒喝完的隔日下午，我去客運停車場找他。

昨夜酒醉回到旅社，十二點半，旅社大門已上鎖，我拍打鐵捲門半天，老闆才披著外套來開門。

「怎麼這麼晚？要不要洗澡？我已經關熱水了，要洗我再幫你開。」

「不……不用麻煩，我，我想早點睡。」

「也好，醉成這樣，先睡好了，」老闆皺了一下眉頭，「鑰匙給我，我幫你把電暖被的插頭插上，今晚很冷。」

他拿著我的鑰匙消失在兩旁都是客房的走道裏。我扶著牆慢慢前進。

隔日早晨醒來發現天氣異常冷冽，漱洗都有困難，請老闆開了熱水，順便洗澡。洗澡前想刮鬍子，才發現忘了帶刮鬍刀，鏡子裏的我有著些微髭鬚，而老式的旅社早在多年前就不再送住客刮鬍刀，浴廁鏡前的小台子上祇有兩隻塑膠包裝的牙刷整齊地擺著。

我搭著浴缸邊將蓮蓬頭水管內黃濁的水放掉。頭痛得厲害，連站都站不穩。自己到底喝了多少？印象中祇是幾罐而已，夜裏回到旅社的情況也很清楚，怎麼現在宿醉如此嚴重。

雖然頭痛、全身幾乎沒有力氣去感覺疲惰，但意識卻很清晰。澌冷的強勁水柱唰唰地噴向浴缸底排水孔，我靠坐缸邊看著水漩流而下。

剛才不小心灑在缸邊的水透過褲子寒進大腿，我顫了一下。水像冰一樣脹滿整個浴室，深吸一口氣，沍凍針錐般自上顎尖銳地插進腦門，我忽然不能思考，連呼吸都不能了。

記憶中自己似乎拿起尚未熱水的蓮蓬頭拚命往身上沖，衛生衣和褲子立刻吸滿冰冷的水，緊緊黏在身上。

接著，我感覺不出水溫，甚至感覺不出水。

「司機大叔：

想了一下，還是回家陪老媽過年，山上太冷了，說甚麼會下雪，騙人。原本預計明天才回去，怕人多車擠沒座位，怎知道下午來跟你道別，你卻不知跑哪去了，蹺班哦。不多說，有來北部就連絡我，換我招待你，有空再來山上。

醉倒的小老弟 一月二十日下午三點三十七分」

我在字條背面寫上姓名與電話，對折兩次後交給他的同事。

回程的車上我想著旅社老闆說的話，「可惜溼氣不夠沒下雪，不然會有很多上山賞雪的人，你也不會白白凍了一晚。」

車子沒有上山時顛簸，但怕路滑，緩慢駛著。天空晴媚，祇是溫度依舊很低。我沉沉地睡著了。

如果人的一生真有甚麼需要被留意，我想將不會是這些過往的事物，而是你我值得被紀念的生命。

回到家中已經晚上剛過十一點，一點燈光也沒有，母親是睡了罷。我悄聲開門進屋。屋內靜極，一點聲響也沒有。進了母親敞開房門的臥室，也並未在房內。

走到她放置車縫機的小房間仍不見人影。已經深夜會去哪？

「媽，媽？」我走回客廳打開燈。

把背包放在鞋櫃旁，去廚房倒了杯水。客廳沙發柔軟地將我包裹了起來，我打開電視正好是夜間新聞，看了一下，想關掉時新聞播報了中部山區嚴寒的消息。

「重度寒流，溼度不夠，旅遊業者苦苦等候，賞雪人士也撲個空。昨日深夜及今天凌晨中部山區都出現零下三度至零下五度的低溫，可惜水氣不足，若想賞雪得再等幾天，因為又有一波冷氣團在左上大陸形成，逐漸往東南移動。而北部的……」

大門傳來鑰匙轉動的聲響，我起身開門。

「你怎麼回來了？」母親驚訝地說，「不是說今年不回來的麼？哦，是不是不想大掃除，所以說甚麼不回來，等都快過年才跑回來。」

我抿著嘴笑笑。

「都這麼晚，你去哪？外面這麼冷。」

「呵，沒你的份了，」她提起手上的湯麵，在我面前晃了晃，「肉羹麵。」

「你吃就好，我不餓，到家前吃過東西了，」

她套上室內拖鞋，進了廚房。

「好不好玩？有沒有看到雪？」

「沒有，溼氣不夠，倒是很冷，」我把洗過的杯子放進烘碗機，「還好提前回來，今天火車就誤點了。」

「後天就除夕了，大家一窩蜂趕車回家，」麵嚼到一半，母親像想起甚麼突然說，「啊，對了，你有一樣東西，在你房間，看到沒有？」

她放下筷子，領著我進房間。

「吶，你爸寄來的，」她提了一個不小的包裹，「他沒說是啥，祇說是給你過新年的禮物，快拆開看看。」

我聳聳眉毛，疑問地撕開包裝紙。

「是鞋子。」

是鞋子。

打開鞋盒一看，是一雙深褐色亮皮的尖頭皮鞋，兩道裝飾用的細條皮革平鋪鞋面，鄰著鞋舌。是一雙很正式的鞋子。

「很好看。」母親拿起其中一隻，在面前詳看。

散落地上包裝用的牛皮紙面斗大工整地寫著我的名字，我拿起來仔細看著。父親的字依舊沒變。

母親拿起鞋盒中另一隻鞋，將兩鞋併靠，像看著滿意的美術品。

「兩隻放在一起更好看，單看一隻總覺得怪怪的，你爸真會挑。」她把鞋放回盒子裏遞還給我，「喔，還有，你爸說他明年秋天就回來了。」

母親說完抬起頭看向我，像是仍想說話的嘴輕抿著，眼裏閃過甚麼。

我看著她笑了。

一九九八年十二月三日

蜜毛球

十二月底最末日，我想必須動手了。

※

規律撞鐘聲在耳底擴散，頸後毛細孔不耐煩依序睜開，我翻了一個身。

鐘聲像擴散水紋，扭曲著視線中逐漸逼近交織金黃光芒。如同往常，金黃光芒一次比一次更靠近，今夜已行至雙足之前，我咕噥著想轉頭不看，但光芒中模糊臉龐教人不忍移開視線。

頂上盤繞著金絲彩繪眾佛天冠較昨日愈發清晰。我擠著眼，想在刺目金光下再窺慈眉，但震耳欲聾巨響鐘聲讓人額頂發麻，似乎愈想瞧清楚，鐘聲愈像鑽進皮底作祟蛩蟲。我扭著頸，在吐納光芒男人淺淺一笑連同灌頂鐘聲於眼前轟然爆炸時渾身是汗驚醒。

米亞去年自舊貨市場抱回那骨董鐘發了瘋似在角落吠鳴，金屬撞鐘聲像揮不去糾纏梵吟，我試著用手去撥弄鐘盒背後，也許有開關能讓它瘖啞還我安靜夜眠。

街燈穿過窗簾在屋內盤旋，客廳像泡在橘汁裏龐雜回憶令我作嘔，看著被暈黃街燈晒得發燙安穩嬰兒床，胃裏酸液自食道逆攀而上。他們陸續添購了嬰兒用品在櫃上交融夜裏飄蕩於空氣中自由與尊嚴，哼。

繞過嬰兒床睡意全消，喝過水後我想起米亞。

「也許，我們可以有些交易。」

她總這樣說，但往往縱容我，像舉兵攻城屋威猛將軍夜夜纏綿芙蓉帳，低吟輕笑過後豈能留心沙盤。沒人比我更懂這個女人。

好幾次，在床邊凝視她枕肘假寐，僅賸床頭小燈照明了臥室映滿電視螢屏裏激情色澤，鮮血赭紅床單下一刻洗藍如天，米亞似眠非睡一如按掐私處帶來快感切換著遙控器，臥房合鳴搖著炫目瀲灩。

直到婚後米亞還是經常獨自就寢，林先生甚至在上海租了房，兩三個月才回來一趟旋即匆匆離開。

我無法體會這種感覺，畢竟華燈初上時總有個女人斜臥床榻煨著橘黃陪伴我，她身上淡淡松脂氣味沿著床單皺摺溢滿整夜慵懶，有時，還鑽入夢裏勾攝我寂寞靈魂。

熟悉床面也許是久未擁吻米亞既聖潔又淫蕩底肉軀，我探尋不到她獨有味道，幾周過去了，或許明夜米亞將再回到這只床上，而此地又將搖盪過去美好淫猥流光風騷。

我一邊刮著骨董鐘盒背面一邊睡去。這夜金光萬丈男人並未再入夢。

※

去年最後一個颱風前後持續五天才走，新聞反覆報著災情像循環播放音樂卡帶讓人煩躁。雨水順著窗框滲透壁縫，林先生幫忙米亞將靠牆家具收攏至屋中心，像剛搬來模樣。我繞過橫豎堆放雜物路線循進廁所。

迎面撲來是米亞濃烈雌性氣味，一瞬間，腦子裏脹滿原始衝動及滿足。幾滴遺落於馬桶邊宛如杜鵑般鮮豔吸引著我。

「不要嘛，昨天我們才那個的。」她聲音顯然不如此認為。

「小壞蛋，我都幫你把家整理好，是不是應該報答我？」

「但是人家那個來了嘛。」

我嗅著刺激鼻腔炙紅腥臭，即便進入秋未能通風讓廁所黏熱溼悶，米亞與林先生幾句對話後，開始發出間斷呻吟。原已脹滿細胞衝動與滿足一時間變得難以掌握而貪婪與蠻橫。米亞愉悅著，我明白。

鼻前腥臭璀璨嬌豔，入喉卻萬般甘美，我品嘗著與她體內流動相同底繽紛，一種米亞獨有散發松脂香氣自喉間芻反撲鼻，像受恩典般榮耀，即便是毫不經意施予，也召喚聚攏我飛散天地底精魂，卸罪重生。

這一切米亞無須知曉，林先生也一樣。

祇是冬天來臨後，我與米亞如此張狂靈魂喜悅互動暫止了。

※

下午四點，骨董鐘喧鬧同時鎖匙撞擊聲響驚醒我。在門邊我嗅到熟悉氣味，像黃昏步出松林後旅人身上徘徊不散記憶纏繞，即便相隔門板，亦清晰駭人。而其中更埋有隨韶光更迭之象徵，如同滿月，恆常高懸。

米亞回來了。

推開門除去湧進屋內喧鬧街道塵囂，我如失聰者錯愕盯瞧米亞懷抱中肉團及尾隨其後年邁米亞母，她們興奮雀躍魚貫而入，無聲在眼前一如一八八〇年代崛起黑白無聲片，佐以右側手書字幕及詭異煩人配樂。數分鐘後，米亞母嗓音在眼前爆開。

「米亞，哎喲你家怎麼這樣熱啊。」

「媽，你東西先擺著，我倒冰水給你喝。」

老婦身後行李箱如同骨灰罈罐覓得歸屬，踅步前踏後退瑟縮進樓層隔洞，一股老朽腐敗氣味自箱中飄散逸出，悠悠晃晃將她窩入沙發前仔細包裹。我側眼瞥瞧似見夢中金光男人如今幻化雌雄端坐廳堂。

「小林甚麼時候回來？」

「欸。」

「我說小林啊，甚麼時候回來？」

米亞母親環視屋內及女兒背影巧妙掩藏著厭惡神情，僅在接過杯子那刻以生疏禮貌及人母底憐憫掩飾。晃蕩杯水殫精竭力拼組空氣中松脂香氣及敗朽腐味。

「他呀，」

一手接回老婦懷中肉團，這回我看清楚米亞神情雀躍來源，一個肉色粉紅嬌嫩安逸嬰娃。我吃驚看著米亞細膩愛憐底眼神，熟悉又陌生拮抗著情緒衝擊我等候數周孤單與夜夜壓抑窒息如潮浪般思念。這是米亞底嬰孩。

她如歌嗓音輕喚嬰孩。

是不是也曾屬於我獨擁如歌底輕喚？我試圖尋找米亞視線重回過去甜美時光，但她凝視著嬰孩中雙眸已無他物。輕裹體內亦流動相同血脈五官神似氣味相仿肉身底桃紅綿密溢滿視野，遍目所及，是逐波翻湧著生物本能。這何嘗不是我與你們親密交疊之印證？

我寒顫著目睹往昔靜美午後追陽西下奢享與米亞同歌共飲種種日子於腦中某角落碎裂崩解。

米亞。

「我不知道耶，他沒說。」

喔。

※

每每憶及那些如今恐已支解隕逝底時光，我便能自夢中逃離。

幻境深處徐行跟前那男人夜復一夜踏破寧靜，殘虐著深冬曉春仲夏與薄秋；他底五官與常人無異，卻蘊含深邃如淵悲傷。好幾次，金光萬丈中悠悠前來，我依序辨識他鵝橙金絲錦羅袈裟，亮橘卍字像千古纏身不滅鏈鎖盤腰而上緊扼胸口，繞行項頸蜿蜒喉窩，以白素貞之姿踞鎖骨之上瞰視眾生。

持杖緩步，足下是瞬生即滅萬千疊卉，眼下迸乍順步而甦幾近華豔妖冶群芳，牡丹芍藥葶藶蜀葵蕙蘭，以追趕死亡速度抽芽綻放吐納，然後凋零蜷曲枯槁，舉足離步之勢，那一潭芬芳已被定奪今昔戛然而止。

百花嬌嫩雜混腐爛靈魂灌入鼻內，強逼雙目直視金光中男人，一陣由遠而近已環伺在側金擊玉鳴梵鐘之音蠻橫將我裹覆不得動彈。扭著頸，男人手杖頂金環叮噹聲銳利割心，每行一步，便凌遲我懷抱美好過往微小跳動與隱忍苟活虛弱固執底微笑，一滴一滴在泛染金黃土地開竄豔紅惹火繁花，似與他足下奼紫嫣紅共鳴喧鬧。

總不見男人面容，黎明前鐘聲必然在腦底如雷劈枯樹星焰爆焚，彷彿有著絕對威嚴神聖，光芒下教人無法正視是悲憫天地凌厲眉目，我按著頭謙卑虔敬在他繁花將盡雙足前驚醒；唯一那次，是米亞回來前一夜，我看見男人頂上天冠精繪萬佛巨大莊嚴，環日吐月，那刻萬靈或許得以救贖，而我迷惑了。

※

今年春天米亞與友人同遊歐法，那十數日米亞母至家裏澆花灑掃。她被漲滿寂寞而黏膩窒息厚重氣味環身入室，耳順之年鶴髮臭肉下仍搖盪流轉著一股騷韻妖嬌，冰種翡翠鐲子矜貴努力卸除主人俗豔盤上腕肘隨著涼風清麗亮鳴。

她哼唱小調，一聽到門鈴響聲便急忙奔迎上前。

「這麼晚才來？」

「怎麼？等不及啊。」林先生輕佻帶著威脅壓低嗓音在大門關上後順勢擠進屋內，一瞬間充塞整個客廳。

「喲，領帶也沒解，你才等不及呢。」

米亞母蒼白透著淺藍靜脈血管底手背壓在林先生領口，隱約看得出經年保養撐開皮膚努力繃拉絞扯年齡懸殊斷層。

「瞧我幫你燉了甚麼？」

「香菇雞清湯。」林先生一頭栽進青筋橫布鎖骨嶙峋皺摺之中逕自呢噥，「你知道我不愛喝濃湯。」

隨著淺藍色襯衫滑落沙發墊，空氣中頓時漲滿林先生年輕男人氣味，強壯充沛地霸占屋內每一件米亞精心挑選採購家具上。男性古龍水後味中柑橘、佛手柑甜膩人工香氣壓制不了老婦玫瑰、茉莉交雜下企圖掩飾歲月爬行殘留滲透濃烈毀敗腐肉臭，兩種氣息雙雙纏繞糾結沿著新婚時受贈母親底紫藤花窗簾而上，觸及屋頂，再悠然飄降。

老婦傲視時間之輪發出不馴嘶吼，時而急促輕喘，瞬間緩慢深歎。

逐漸膨脹熾燠體溫壓陷埃及棉織緹花床單，幾日前這還是我引米亞入夢底聖地。

突然，木製床座承載床墊底木條斷裂聲尖銳劃破黃昏時刻，漫過窗框西晒室內土耳其地磚上橘色夕陽像接獲指令般應聲熄滅。

※

米亞回來後第二日嬰以宏亮爆炸性哭聲喚醒清晨，天未亮，慘白冰冷路燈順著窗邊百葉金屬片劃開一層層黑暗。米亞母來到客廳輕聲喚嬰，一手捏掐他卵蛋一般猥褻著路燈光線下透著粉嫩光滑淺紅肉團，老婦鬆弛手背上皺摺紋路似將越界蔓生至嬰吹彈緊繃皮膚上。

「媽吵到你了?」米亞惺忪雙眼於嬰尚未乾皺老朽前出現。

「喔，不要緊，我平常也是這時候起床，等等要早課呢。」

「是不是餓了?我來餵奶。」

老婦鬆手，嬰下體位置尿布慢慢回復原本姿態;她搓磨手指，自客廳高櫃上取下《地藏王本願功德經》窩進沙發內。

背著窗外透進初晨模糊光線，夏秋之交黎明逐漸多露重寒。她一邊攏著黑底鏤絲龍鳳同慶短披肩，一邊將經文擱於几上慢慢翻開。

米亞見母親端坐垂目，一頁頁白紙黑字經書隨路燈流洩蒼白槁指慢舞，便不再說話，默默將嬰自床中摟進懷裏，同時舌頭輕拍上顎發出宛如求偶母蜥底聲音。

面對母親坐下後，米亞更專心逗弄嬰，手上那團原先哭鬧不休噪音來源粉色肉球，頓時噤聲。他用一種看得進人心最底層且毫無隱私不知羞恥霸道狂妄直視米亞，似乎以無聲對話般命令母赤裸提交她底靈魂及永恆無私底時光，雙瞳所及之處，有如朱厭，焚燼我熟悉底米亞。

他軟嫩新生雙唇發出朽壞門扉咿呀聲，在懷中緩緩蠕動複製自米亞身軀底肉體伸縮間扯皺一朵朵盛開於米亞背上繁麗波斯菊並扯碎日出前寧靜沉默之聖潔空間。

金屬撞鐘聲由屋隅骨董鐘發出，低鳴六響，米亞左手摟嬰，右手順領至胸依序解開菊團睡衣釦，一只雪白柔嫩奶子登時蹦出。

許久不見，她底奶子脹瘦著較記憶裏更豐大也更粉紅酥綿，在清晨闃暗室內幽幽發著聖潔無瑕光芒。母性象徵依著睡衣開口探露難以遮掩絕美剔透神韻，像極了窗扉後巧笑妃子等著君主臨幸。

米亞母才開口誦念第一句經文，便讓這只教眾生讚歎酥綿奶子喊停。她惻惻瞥視，盡力撫去周遭歲月鑿痕並驅策銳利目光越過嬰直達傲人之峰。

「脹奶很辛苦罷。」

三十二歲女人乳頭像急於接受撫慰，在嬰面前滲出帶著淺黃白色濃郁奶汁。我嗅聞到一絲過往不曾出現或未經留意豐沛乳香夾雜米亞原有松脂味包圍母子兩人。

「以前啊，我也是這樣拉拔你的，」老婦一邊搓著計數誦經用紫檀念珠一邊盯著黑暗中幽然吐光滑嫩奶子說道，「那時你可真會咬。」

「是麼？」

含住紫黑奶頭嬰嘴自顧奮力吸吮起來，奶子一經拉扯，沿著奶頭像紅墨筆渲染一缸清水擴開粉紅帶血底母愛。嬰享受著舌尖愉悅，閉眼吐息。

「帶孩子就是這樣，雖然咬得發疼，但還是心甘情願。」

米亞母像說著其他事舉珠掩嘴輕笑發嗔，旋即板回面孔目視桌上經書。

「媽從甚麼時候開始念經的啊？」

「你爸對年後，消他留下來的因果業。」

「爸走到現在你沒想過認識新朋友？」

「噯，哪有閒工夫，妳媽我整天操心你都來不及，還新朋友咧，」念珠鬆開又捲回手腕，「倒是你，小林一年才回台灣幾次，悶不悶？」

啊。

米亞驚叫，左手險些甩開讓嬰摔地。

「當心點，怎啦？」

「這小傢伙咬好狠，嚇了我一跳。」

米亞母輕蔑發笑踅步至女兒身側，揣著紫檀念珠伸手探進米亞襟口。漾滿初晨青灰空氣雪白胸口霸著雞爪般腐朽而強悍巨大關切。

「先換另一邊餵，免得受傷了。」

喔。

米亞被突如其來母親舉止所驚嚇，怯懦恭敬移開響著木珠碰撞悶哼緊纏皮骨爪指，威權指導下另一只明亮奶子像新聞準點播放氣象預報般立即自襟口彈出。

天光初耀，原先死灰慘白瀰漫著百葉金屬窗條漸地轉為黃牙色；而那對被米亞母親身影覆蓋尚未收納與新鮮展露一雙奶子，改為披上微帶金黃閃塵絹紗般薄光羞遮原有柔嫩雪白。

鐘鳴一響，六點過半。

※

第一次見到米亞是她結婚前六年時，她帶我回僅八坪大小租賃公寓，沒有私人洗衣機，更沒有今日置於五層新柚木淺褐色壁櫃上每晚下班便譁然作響繽紛耀眼電漿電視。我們總在一天結束時依偎彼此身旁分享著皮膚底下隱隱跳躍血液脈動，無論播放節目是吵鬧翻天綜藝秀，抑或槍聲震天西洋警匪片，在我耳裏，依然是穩定而安詳米亞底心跳，咕嘰咕嘰，伴著紙盒大小電視上忽藍而綠轉紅閃紫光線溢出螢屏，湧進耳中，漫過另一聲道上我底心跳。

洗過澡米亞渾身散發淡淡薄荷草氣味，立於及腰小冰箱前挑選啤酒點心，映著橘橙光芒與冰涼寒氣，米亞通體發亮。淡薄荷草味自髮梢頸項緩緩流洩而下，與冰箱中薄薄寒氣互有抗拒、交融，甚至幾次以為她所觸碰冰箱把手一瞬間將繁生薄荷草，銳利葉緣劃過塑膠門板咬進她細嫩皮膚。

隨夜漸深流洩床榻薄荷草氣味轉染松脂香氣，像每晚固定上演影集，松脂香氣擴散時間，米亞必定緩緩滑入枕被之間，隻手啣叼電視遙控斜靠粉色細滑大腿，以配合心脈節奏速度切換節目，狹小租屋兩側白壁與壓迫舉頭三尺上慘白天花板頓時應和她皮相肌理下滾滾川流血河大片滿足官能以豔光流轉。

髮絲傾湧枕上，頸間脈搏鼓噪著，我喜歡看米亞酒後泛桃醺紅底柔軟頸子急促蹦跳暗藍勃發血管間襯著緩喘嬌唇與半含雙眸引起衝突性，雖明白廁所腥臭璀璨牽引著甜美豔紅與眼前這股股流溢著暗藍源自同一個女人，但頸上脈韻仍魔力般吸引著我目光，片刻不移窺探溫暖細膩膚觸下精華喜悅迷人波濤。

屋內混著米亞呼氣酒味與每一細胞經年累月吐納松脂芬香，幾年來緊緊包覆我如同呵護嬰底母親雙手，先是溢滿鼻腔腦門胸口腹胃肛門，而後滲透感觸習慣思想心智意志。

往往米亞入睡後，我獨自屋內嗅聞自身雙手，貪婪拾撿殘餘掌中些微徹底芬芳，甚或自己因長久依偎馴化漸而自行綻吐相仿氣息。

而這也是我度過米亞入院待產日子唯一方式。

※

秋季第二個颱風過後溫熱潮溼空氣自窗框潛入室內，接連而至暴雨讓鋁製窗縫積水乾了又溼。三號颱未至已在窗外打起斜雨時密時疏，我擔懼米亞曾親手漆染那片粉綠牆面將如陰暗森林草地長年澤泊潮溼漫爬碩大劇毒黴菇。

鍋內沸水倒入濃湯粉末後立即飄出黏膩奶油味，女人那副赤裸堅挺乳房在蒸騰霧氣中固執遙指向來祇有米亞操弄華美歐式廚具。

「來，喝喝看味道好不好？」

湯杓分出一部分白霧被女人持著湊近同樣裸身小林底嘴前。

小林巧妙皺了眉頭，笑著啜一口。

「下次來，別弄這些，」

「你這麼久才約我一次，今天颱風夜，熱湯可是我精心準備的呢。」

兩條橙黃肉色交疊流理台前吸取著抽油煙機黯黯吐洩些微橘光，地板上晃動身影又合而為一，正好與窗外陰藍搖樹昏暗天色彼此合歌。

「哎喲，」女人鬆開湯杓潑灑一地乳白色濃湯，「才剛結束你又要啊？」

流溢冰冷地磚上原先滾燙白色液體瞬間變涼，湯杓在地面發出巨響，竊得湯鍋部分幽微白煙戛然而止。

一陣女人嬌嗔尖笑隨林先生四處碰撞家具底腳步聲移入甫才離開底臥室，滾沸濃湯揚起蒸煙讓早已濛上水霧四周窗玻璃凝結水珠，一顆顆自頂滑落；有些水珠重量不足懸在半路，像哭不出聲噎在喉頭停了幾秒祇得放棄堅持一股作氣傾洩而下，像淚。

隔著半掩門板，女人又間續發出笑聲似乎痛苦卻又歡愉。

「你甚麼時候要跟家人提我們的事？」林先生嘶吼過後屋內立即恢復平靜，濃湯鍋子微弱嗶剝聲雜揉漸強風勢斜打玻璃暴雨聲，女人低語撒嬌。

「急甚麼？該不會同事都知道了罷？」

我嗅著帶有些微焦味濃湯底空氣，留意餐桌蕨類盆栽旁米亞與林先生合照已被妥善收拾。

「才不敢說呢，就等你一句話。」

林先生輕喚乖寶貝，房內又響起嬌聲淫笑。我憶及挺著如球巨大渾圓肚子收拾睡衣內褲盥洗家用隻身鎖門前去醫院待產底米亞，那是上周第二個颱風剛到之時。

※

少了米亞屋內柚木淺褐色壁櫃氣味格外明顯，那是平凡木材死亡植物細胞苟延證明，不具特別意義，隨時間無盡展延而日益稀薄；去年秋日濃郁懾人洋溢滿室柚木味早已不再自牆面外合裏應一同揮發足以媲美原始密林底芬芳，取而代之，是米亞溫暖獨特松脂香氣。

臥藏搖床中嬰似遺傳米亞獨自於棉榻中散發混奶松香，祇是每每母親靠近，便教龐大豐盈雌性松脂氣蘊傾天覆蓋。自嬰抵家後，我時常半夜讓金色光芒男子所驚醒。默默凝視這只黑暗中吞吐交雜微弱米亞氣息底嬰體，也祇有這一刻，才膽敢如此直視，迴避晝光照映下他宛若銳刀切割深處血淋淋之目光，那是嬰屬獨有視線，殘酷無理。

好幾次，他蜷入米亞懷內吮吸母體源湧而出愛意時，原在體中早已習慣汲取母親底無私，獨立後竟復加貪婪飢渴；好幾次，似見向來泉湧而出母性光輝將被掏乾枯竭，理應豐沛強韌之松脂香氣也因汩汩流匯灌入嬰體而淡如清水。就在我憐憫又忌妒望向米亞時，嬰映著日光灼灼雙目朝面襲來直探我私密領域。那是集權威嚴大膽蠻橫初犢之勢，劃破難言祕辛及我共米亞最後隱晦連結。

每一次舌乳交會，強韌無以斬斷關係牽纏緊繫於彼此間，並迅速擴及屋室每個角落奮力拉扯逐日崩解著危樑壞柱，如同其餘人們祇能承受扼喉舂心之苦。我閃避嬰底目光，懇乞殷盼不可能再有回應那米亞明眸，一切過往甜美無能複製、無力回首。

※

梵音唱誦難解重疊綿延經文，似纏繞糾結復自眉心鑽入順沿腦紋溝槽蠕動前行蜈蟯，自行緩慢而躊躇地沿耳管探查，每一次滑動油亮反光蟲軀移行，皆是全身不同部位撓癢，順右後頸圍繞行杓窩再沿左耳殼周行一圈，彷彿識路，忽地由上俯衝而下攢入心室，也許是過程迅速，刮搔中止絕無可能；又或許心在何處無人告知，任穿心劇癢轉移周身骨，寸寸啃噬如惡火灼燒。

我夜夜渴求金光男子入夢，卻又憚懼錐心焚骨之苦。未謀其面，卻深知那光華之後是極其華美安詳相貌。

被誦經梵唱盤繞，我再次凝視他遠行歸來踟躕步履，一印一印步出環身幽幽底光線。金絲編縫橘布袈裟在強逼闔目垂視底隱約中透出精雕嚴繡萬佛聖號卍字羅疊著巍峨達尊。

一樣杖擊地面沉重金屬碰撞以他為中心迅速擴散孤寂四野，前方遠處朝面襲來，穿透自身，於項背發散前撼動我極其卑微底無知。聖杖悲鳴，鋃鐺凌遲侵肌透骨，與經文咒唱交織雜揉為密而難解原罪似網如雨，傾天蓋地而降。我總任兩音折磨蹂躪已殘敗不堪身軀，將希冀渴求目光聚焦男子足下。一如往常，繁花迸生開展如春流光，好幾回滲淚減汨朦朧間見卉欣喜，含笑零淚。

男子又立於跟前，履間芳華盛綻即枯、萎後立生。由梵唱咒念包裹盛托己身意念瞬時支解破碎為大千飄零急欲飛散幻滅之縷；我強作精神，凝視腐敗滋養新生朵朵菁芳，目光上移，企圖一窺男子容顏，那是從未示人隱於強光後之容貌。

我們依憑如此執念痴迷存於世。

金芒透絹芙蓉冠下無數次伏乞凝望終於盼見緊鄰天冠鏤雕邊緣男人底眉宇，幾近絞心炸裂佛唱教人再也無能匯聚心神。他又是淺淺一笑，我轟然驚醒。

渾身是汗躡足繞行嬰床，掌大臉龐暗室中靜靜吐光，亦發散如米亞松脂氣息著微香。眼中這只嬰肉承襲母體無法悖叛血脈並享受母體巨大熾愛，應是他能於闃黑間盎自堅定沉著酣睡深眠之故。

深夜四時骨董鐘響，我全然忘卻片刻前初窺男子卬首信眉後點滴喜悅，興心嫉妒。

※

首波寒流入城隔日黃昏米亞母如常誦經晚課，室內瀰漫焚檀馝馞。老婦瞇眼喃喃逐一撥捏手中另串一百零八粒象牙精雕佛珠如同把玩小林腿間器官，乾枯多皺雙唇輕吐無心之唱，斷斷續續，時而撫頸拈眉、時而搔胸撓頰。雖然屋外低溫嚴寒，室內卻燥悶煩鬱，濃烈檀香繃張著禁制壓抑將滿溢爆裂欲鑿暗流，在潰堤突破前默許它膨脹於圈束中張牙舞爪。

我看見淫黏物體自老婦胯下流出，消融屋中空氣，腥臭難聞。

乾枯雞爪掐送念珠稍停，米亞母望了短針過四骨董鐘，如同之前好幾回她等候小林底神態，焦躁情緒以她為中心快速漲滿客廳角落；漫爬几上紅漆鑲冊《地藏王本願功德經》之吐息，逐頁扭曲拗折墨印經咒為一條條面目猙獰蛆蟎。

鑰匙碰撞門孔聲響打破變形虛空中幾近張狂肆虐她底思緒。

「啊，來了。」

米亞母應聲彈起，奔向大門。

「米亞你怎麼回來了？」

老婦一瞬間眼神失焦望向門外呆立著女兒。

「媽。」

米亞痛哭失聲撲向母親，衝擊撞落老婦原先緊握手中象牙念珠。粒粒雕琢群佛慈目尊法翻飛在地面奔騰，扯斷半小時前綳緊纏繞一切色法空相諸行無常，幾尊菩薩翻滾轉念圍住母女。

「他，居然背著我玩女人，」米亞吼著半啞嗓音劃破薰蕕房室，「小林他外遇。」

老婦輕摟女兒，骨軟觔麻像哪裏都去不了固執此地底石雕矗於玄關，她窊皺臂爪橫陳米亞細軟頸間，我突感一陣悲憤如刀割劃來自米亞底心。

「好像在我懷孕期間，他開始跟公司女同事有染，起初她們跟我說，我都不信，直到今天才發現原來不祇一個。」

米亞無神焦慮顧盼左右，似企求回憶卻又深恐創傷小心探著過去一年來歷歷回憶於血緣至親面前坦裸自剖傾吐悲愴憤恨。被灌注強烈困惑與恨意之淚沿失色蒼白雙頰滴落。我底米亞啊。

「媽，妳在聽麼？」

「有，有，你剛說甚至還有中年婦人跟小林有關係，」米亞母不安看了看骨董鐘，「我倒杯水給你，你慢慢說。」

米亞掩面悶聲啜泣，巨大乾枯中喉嚨倒抽氣音迅速壅塞室內每一角落，桌面下樑面側盆栽緣鑰匙孔電視屏圓杯口舊鐘針枕頭縫燈罩頂電源鈕花瓶角，如同吸乾池水時咕嘍咕嘍聲繞行空轉馬達空虛仍亢奮地周而復始，源於米亞、終於米亞。她激烈又疲乏地取竭著這個屋內曾有殘餘一點點溫暖歡愉，連嬰微弱床榻上認真生存呼吸脈搏也一併斷絕抹除。

老婦按壓胸口喘氣側身閃進廚房，拍著早已老衰垂皺兩只奶子匆忙撥按女婿手機號碼，同時尋杯裝水。

電話切入語音信箱，米亞母顫著手搖搖晃晃在玻璃杯中謹慎倒入冰開水。看一眼手機，得快點重撥。

躡著酒紅色拇指甲戰戰兢兢掐捏手機重撥鍵，開水灑出杯外，白色流理台圈開映向橘紅燈光水紋蕩漾。她側頸聳肩等著耳下緊扣手機傳來小林接通來親切問候，雙手撈起抹布聚攏杯下溢出液體試圖鎮定擦抹不該發生這意外。

待接聲陣陣傳來同時，廚房門外客廳響起手機鈴響清脆激烈一如數月後年底耶誕歡慶同樂之歌，米亞母肩夾手機候接，推開隔門進入客廳。

女兒之夫站於玄關，雙目愕然凝望其妻，腰間手機響鈴同步米亞母耳中迴盪待接音律。

她一掌摑向小林。

沾覆外溢開水黏溼難握原將安撫女兒飲用之玻璃杯水應聲滑落砸向地面，同那一尊尊精雕於葬送犧牲無垢無增無減穢黃象牙萬佛珠串墜躺塵土。

※

認識米亞六年間她換過不少工作，大多是看似並無長期發展可能短期打工類型，每份職場轉換間總由動盪不安與滿腹怨言填塞充斥。幾個工作去留原因似乎依舊翻拷前項職務上困擾種種因素，米亞往往與我細數。好幾回望著她屈膝抱腿塗抹足趾鮮紅如血蔻丹同時怨懟萬般委屈噙淚低訴男性職員因難忍她獨有荷爾蒙作祟並積極以肉身特定部位接觸摩擦展示男性雄偉擴張勃發之熱血殷勤，便不難發現單身底米亞似乎受創又同時享受傷口滲血時自虐快意。

「呼，呼，我不知道該不該繼續待下去，呼，呼。」

「如果拒絕他，呼，呼，會不會被認為任性啦？」

「呼，還是應該大聲告訴老闆，呼，我不喜歡，呼，呼。」

她經常寢前臨鏡如同舞台演員彩排劇情反覆念誦類似對話，也許因為與米亞太過熟識親密，不介意在我面前剖理內心脆弱層面而一再出現時而張狂痴笑、時而呆滯無神等令人擔憂之萬變神態。永遠無法為自己做決定米亞永遠糾纏在因無法決定自身方向而永遠在決定之外決定自己難以決定自身底未來。

這六年來我成為米亞傾吐唯一對象，被擺弄操縱後人生祇賸入夜裸身等候男人呻吟共眠並待翌日天光乍亮奉獻殘敗心魂以兌換蜜語甜言風過雲散卻長達一生一世幻滅獎勵讚許。她將所有關於身體生理、靈魂心理用極致細微言語萬不及一著碰觸及體溫傳遞悉數，更在彼此攏首凝眸中探取時間為生命留下刻鑿並同向同速凋零亡毀其疊累交會之光景回憶，那些年我們似乎同根共體，她是我認定步履間專注邁前通往終點僅存依靠如同她以尊嚴青春交易衰敗殘年，我換得入夜前盈溢鼻腔濃烈飽脹獨占私有松脂氣味及無從怨悔應許下極微心滿意足。

祇是無法與人分享米亞。

流經她每分毫釐米細胞組織後血液也應專屬我一人，思及床中嬰體曾於她孕腹內以腥羶豔紅寶血餵養一寸寸拔抽成形，便煩厭不堪，似乎汙辱踐踏一直視作尊貴神祕之物到頭不過祇供給無能弱智降生所需；這與林先生兩年前初次踏入屋內探進米亞體內心底不同，由於她憤恨疑惑悲傷歡愉皆在眼中具體構形，男人崇拜尊仰她匯流於內綻放股間滴染鮮美色澤絕不容質疑，我明白米亞喜悅時喘氣輕歎是如同我無從怨悔應許下傀偉心滿意足。祇是他同樣迷戀其他雌獸萬紫千紅赤染大地及米亞脆弱心魂底肉身之河，端流綺麗。

※

去年冬季如同往常受人期待著一年終末與初始底跨界轉換，氣溫七度是都市人們蒸騰白霧以自身體溫共融他人心意串連情誼最適高度最佳濃度，米亞及林先生亦同，當日兩人出門上班以濃稠綿密難解難分幾近死別態度揮別彼此，離去後屋內久久不散經長時間烘炙兩具交疊肉體膨發而圮滯空氣中溫熱並潮溼嗅來濁渾腥臭腐敗又潛藏如蜜甜膩且郁黏如花底暗湧藏濤。

不到五點米亞帶著新婚兩個月神情竊喜夫婿回到狹小雍塞屋內，興奮氣氛轟然隨門甫開撲面襲來。

「老公老公，這是我們一起度過第一個跨年耶。」

「你說我們還要出門跨年麼？」

換下衣服同時，林先生近身肱夾圈起米亞，嘟上一雙噘翹故作肥美唇瓣像渴盼吸吮母乳嬰孩驕縱神態。

「你說呢？你決定嘛。」

「那別出門了好不好親愛的老婆。」

他扯落女人原已垂掛下肩襯映桃紅雪紡粉金胸罩上曖曖輕透軟呢紗狀襯衫，飽滿雙乳登時翻落，厚繭粗糙攤掌包覆緊握揉捏。

米亞似被搓弄下顎以單掌略施小惠即能降伏溫順忠實犬類喉間發出先緩後急先收後放如同悶哼愉悅撒嬌聲響。她像呼喚非林先生所能控制以滿足自身奇巧機制，攝魂召喚於他，男人雙目輕掠一道情迷蠱惑奇光，雙手急快且緩柔卸解羅衫及心房以決定跨年活動型態時程步驟。米亞微喘驚呼，扭身挺迎。

為使一年最終日標記上與眾不同以便日後如同所有老夫老妻比肩歇足暖照夕陽撥弄白髮回憶往昔，林先生更費力哄弄米亞並展演初為人夫新鮮十足多汁飽滿肉體忠誠，將她早已卸除淨空衣布卻不曾飢荒乾渴底身軀拱入臂彎，圈肱抱獸之姿架起赤裸女身無須走遠繞行沙發便見矗立龐然大物立於屋隅，白布遮覆下宛如沿牆久佇不語並隱遁滅化苦境相色皓白齊壁而未被米亞瞧見透著孤傲峭立圍繞著沉穩靜肅之僧。

「你瞧。」

「這是，這是甚麼？」

仍著領帶淺藍襯衫鼠灰西褲底男人以無名指婚戒左掌引領一絲不掛裸身婷立乳頭因寒冷而上翹微顫之女人以同樣無名指婚戒底右手試圖揭下驚喜白幔。

「啊，德國八音骨董座鐘。」

米亞驚呼。

鑲有金色飾條木質雙色西敏寺八音骨董鐘躍入眼簾，她掩嘴驚歎時雙臂緊夾原已因圓潤繃彈而鑿築峰間深褐溝渠愈發深邃誘人。

「我知道你喜歡很久，這鐘代表未來我對你的愛，每一次撞擊都準時無誤。」

「你。」

「噓。」

林先生迴身俯向米亞將織滿斜紋寶藍針繡領帶壓制摩擦近日持續吸吮而紅腫脹大著雙峰乳頭，一時間狹隘壅塞小房內炸開原始獸性荷爾蒙融合消長交媾勾纏氣味，我看著深愛女人在極樂間顫抖狂喜；而她底男人激情未始前褪下西褲中寫有「小林，今晚你的同事想要你在我體內歡度跨年」手機簡訊兀自於逐漸幽暗屋內地板褲袋裏規律吐韻私密藍光。

※

今年冬貌來得快，往常依舊悶熱尤以盆地都會更為顯著蒸騰空氣十一月仍頑固夾帶溼暖塵沙竄進鼻腔沿黏膜鑽探上顎耳管直達腦膜，似乎刻不容緩將時序節令快速切換斷絕古往今來騷人墨客效忠之稟秋，夙日西沉後屋外旋即迎面寒風錐心刺腦噗通噗通直掐明顯感受跳動頸動脈。

嬰蜷瑟圍欄床角如同孕期超音波圖像發育過快型態蜷曲似烘乾蝦米底受精卵，稀疏毛髮覆蓋於理應用力擠壓將迸裂爆漿四溢腦水軟綿頭骨上，粉色膚緻將裹覆身周空氣沾染蜜桃色微韻氣息。這是我頭一次見無閡太虛莫名浮印色相，嬰深眠淺喘吐納幽幽在深夜嫩涼空氣渲開淡粉紅潤顏色，像一管待洗畫筆投入水中緩漾色澤勾漩輕訴無欲無言。

我想起夢中踏映金光步履躊躇男子。

米亞跩屐輕微聲響由遠而近擾動嬰規律呼吸，他如同畏怯忌生初破卵殼幼雛顫顫抖晃似粉藕肥癰手臂向上探觸入夜微涼空氣，身周原先籠罩輕柔空氣如蜜桃色薄雪飄搖一瞬，教即便深酣饕眠仍無懼畏萬千事物強悍倔強嬰臂劃破，悶哼一聲身軀轉側狀似內混血絲雪白屍肉，慢慢靜止回歸擬形枕被龜息。

她棲靠於嬰床木造圍欄上方像飲過朝露低鳴落憩梧桐枝條斂翅鳳凰，側頭抿嘴對著肩膀緩慢規律上下起伏沉降之柔緩屍肉嗚嗚欷泣著。長期以來由她身上散發黏稠濃郁松脂馝馞氣味如今多了一種混濁沉澱雜質密布著干擾，與過去澄淨透明松脂香氣大相逕庭，是因嬰抑或是我？氣味俯天而降至脆弱破損仍悠悠向四外拓散肉紅色嬰底凝化氣息，輾覆著流竄相同血脈並混液另一族裔象徵雄性繼承強制擔負百年薪傳前仍待未來雌弱角色以飽脹泉湧點滴哺養之嬰物，匯聚反潮，眼前交雜稠濃親血混拌而成巨大龐臃繁複光譜。圖騰之中竟未有我。

「寶寶你睡了麼？媽媽好傷心。」

背部蜷曲馱負著射窗而入月光一如行履多國那旅人承荷過多難以計數同時意義喪失後卑躬懊悔自責失望，米亞似含著嬰耳泣訴，如此親密著族譜外我無從理解親密並渴求親密雖以傾軋時間空間遠超越於嬰之優勢但仍無從橫跨切入任一母子凝視互望而產生如海博深表裏齊一扎根緊密厚實親情連結空隙。渴求蠕動扭曲宛如蛆蛹偶爾發出黏膩含糊無義悶哼之嬰身以求取神蹟般心靈平靜，我想起當時我們一起搭建原以為恆常不變於我終老時得以回味反芻點滴如今卻已被女人置於腦後如同未曾發生以至拋捨忘卻遺落走失甩曳在她眼中皆不足可惜。

她探臂入床撈起微啟雙唇企圖於安詳嫩粉間以微溼奶味喘息換取生存亦正酣好眠如同一塊似死無力掙扎之嬰體，他依舊魂魄離體任人擺布蜷入米亞摟懷中，如此族裔延綿血親交會一刻瞬時推展我全然陌生驚懼面對血淋淋似堅毅果敢之君主無意間已收復疆域同時無須宣示布達原屬自身承襲領土並驅離叛者與覬覦者。我在巨大破碎聲響迎面襲來時湧出六年間深藏心底難於言述卻貞堅如石不曾星移稍減情痴忠耿而結果墜地如串淚液。

「你爸外遇，你知道麼？他怎麼能這樣對我？」

米亞如何？林先生如何？嬰如何？厭惡這交織羅密網間無我。

※

長久來總認為自己與米亞關係應被毋庸置疑定律甚而真理一般恆常不變所固守保護如同初見全身裹覆金黃光芒並每回遙自遠方緩步面前卻總未讓人親眼一睹面目其男人與自己關係如何被預知，此二種連結該較其他之間更為緊密恆常，且深刻不為人知於夜闌人靜時清晰敲擊生命末梢以提醒自己如此藕絲牽纏緊繫著過去現在未來甚或前世注定彼此間跨越時空並決定或因羞澀遙遠而難以得知之未來。

去年開始於夢裏踏花徐行金光男子每夜準確始於遠方緩步至我跟前，似是自身難以行動原地等候他翩然而至，也許世界之始靜候著生命甦醒萌芽土地正也如此溫馴乖巧，不過問變化不質疑變遷祇是靜默凝視日復一日似無增無減無色無相卻巨變無常無恆無理無法。每夜如同玻利維亞上引頸瞵盼阿波羅光華下一株株豔鵝鮮黃向日葵我已入魔瘋迷關於日陽西墜後興奮時刻，那個男人勢必杵杖步履金光托身而來，如同私密交換難以公諸於世顯為人知一丁點私密事並因換取對方同樣羞於問世適於暗巷一丁點私密事感到勃發於股股血脈間漸次累加逼近爆炸與狂喜，當然更為即將進行如此行為而企圖低調不欲人知著掩嘴藏飾期待興奮竊喜。

祇是今晚尚未入眠便感覺異常，一種將被改變無力回天如紗般旖旎柔軟之物緩降覆於周身皮膚，不致大礙卻如影隨行教人難以忍受，無法摘卸移除也無效質變稀釋，行止坐臥中如此感受更緊密塞入臂間耳後唇縫腿線如同真空收縮行將銷售販賣海外超商盒盒疊置寒氣噴煙冷凍廉價分裝肉品，今夜將是最後一次晤見一年多來準時入夢不曾缺席男人足踢成卉杖擊淨土迎面走來。

我被如此預知肆無忌憚警示著，像確定明日將立關門之外揮別摯親友人並因不知何日重逢而此刻提前墜下思念淚串憑弔將行親友與立於關外啣淚揮臂底自己。鼻腔深處湧現血般腥熱鐵鏽味沿鼻管腔室熾燙流洩而下。

這是他最後一次出現了。

我確知闔眼後他將一如往常身盤佛像衣織經咒乘隨盈漲腦門百僧誦念巨響踩踏旋生即死續紛色豔萬花而至，突然驚覺夢境之外能察驗悲欣交集貪瞋痴愛卻於須臾間粗鄙駑鈍無知可笑底敏銳嗅覺像卑躬晉見賜予天賦並隨時握權撤銷收回之主時謙遜掩藏深懼斗膽而貽笑大方。

半年來毫無氣味幾近無色黑白線條夢境於視覺上以多采續紛絢爛驚豔蠶食每夜因無嗅覺而過分敏感躁進之瞳膜，一邊憶起與米亞同行搬遷至此後屋內日夜接續盈滿萬千變化氣味與幾近舞台展演一如燈光炫酷變幻馬戲團空間點滴回憶，同時為夢境內似乎真空抽乾任何得藉以此寄生憑附些微幾乎不存在於世並也不為人所重視而漸喪存在價值底空氣感到悲痛。

在這樣無味甚至讓人錯覺鼻功能完全敗壞毀損夢中噤口默然承受他如往常夾梵唱

咒念鐘鳴金光緩步前來。這是他最後一次出現，我明白。

似乎他知道我明白此是最終一次相逢，入夢後遠方行來足踏繁生群花更激烈在眼前綻放凋萎，若聞一回盛開枯謝乃一回生死輪迴，步至眼前數十履印將已輪迴甲子百年。由結實土地密結盤布腳踝而上途經繡繪描金軟葉清蓮僧鞋及領口淺紋布襪並繞纏卍字漂邊流竄膝側如映夕金光通行西方底恆河再一路向上蜷覆腰繫琉璃寶鈿晶玨帶釦也攀上絲線鵝軟唐卡精工繪鉤萬佛袈裟並吊懸瓔珞黃金燦爛珠寶晶瑩輕躍登頂綿密繪織婆娑三千諸佛法相奪目天冠，綻花遊身枝條錯節將男人緊密纏裹眼前一如亙古植栽於此並承負今昔眾生罪孽卻慈悲無尤之千古巨木，在眼前吐納屏息著震耳鐘鳴也難掩蓋消弭那生死交會細微撕扯聲響。

自男子身上發散著金色輝輪穿射葉縫花間飽蘊溫暖柔和包圍著我，循花而上渴求刻印腦海強記背誦般細窺每一處繁複羅密交疊佛織，慈眉過往如同臨畔淮水遙念君王明知可擺舟渡河卻瞻望鵠於江邊，今夜卻未遮斷我謙卑微小試著銘刻五內親睹願念，刺目金光中男子容貌輪廓漸次清晰浮現。

啊。

朦朧光暈散去前極致面容如自體發光溫柔莊嚴綻露不同於環身金光底線條，我清楚看見男人五官精緻雙頤飽滿方顱圓潤鼻翼適寬嘴線起伏立體垂眉斂神含蓄淺笑莊嚴聖凡，清涼滅盡眾生一切熱惱障。

正當我雙目凝神為男人慈貌禮讚歎頌時，轟然巨響覆頂而降，眼前悲憫法相應聲自頸斷裂。

啊，我大驚。

天冠離首墜地滾落跟前，兩帶原懸鬢角銀蔥瓔珞上精楷細繡「乞叉底蘗沙大願地藏王菩薩」。

※

去年秋天颱風似乎沒為天氣降溫反添初冬黏膩滯礙。匆忙張羅籌備人生大事底林先生婚禮當日顯得疲憊，飯店更衣室中深鐵鏽色西服像產嬰後孕母妊娠皺皮垂於胸口仰躺鐵椅伴隨混雜冰冷空調飄散茉莉花香假寐酣響。桌上散置米亞補妝粉底唇蜜眼線花水抑不住微漾擴散梳妝鏡前一如極度壓抑緩拍蠕扭折拗臂彎之泰舞歌女輕步淺挪卻難掩孔雀纖指下張狂拔囂欲望橫流。她獨有松脂氣味隨門開湧入，瞬時混雜鏡前濃膩甜香與椅上男性眠夢吐濁呼厭氣息。

「老公，我媽等等過來，你別睡了，」米亞順手攏起裙襬朝鏡前靠上，「沒睡，在偷看我。」

林先生仰頭側頸朝他底妻擠眉弄眼盯瞧女性妝鏡前特有妖魅姿態。

「來，把我弄醒。」

「別鬧了，再過一小時開始，外頭大家都在找新郎迎客。」

「等等才會醒，等你把我叫醒。」

米亞停住唇線描繪，擎筆曳裙她底夫繞行。

「要怎麼才會醒啊？」

「看你的誠意。」

轉頭他已拉下西褲拉鍊在冷氣強烈混雜雄雌呼吸氣息及妝豔空調芬芳中迸彈炙熱鮮紅男性勃發頑固象徵襯著深鐵鏽色澤格外肉欲誘人。

她似蠱縛之人聽令行事一見他拉鍊上赭豔朱紅登時屈身而踞雙臂高舉唇線妝筆並俯頸就口如同野雞啄米渾然忘我。林先生依舊仰頸微啟雙唇將夾腿間女人勤奮賣力服侍輕呼成對陰陽交會乾坤消融之無上讚歎，像要藉飯店冷氣管孔擴音吶喊宣揚極樂，腰部竭力向上挺頂且他頸項死扣椅背再向上挺頂如同劇毒殺蟲藥劑流竄節肢昆蟲體內痛苦奮張扭曲體幹四肢並似極力濃縮自體身軀企圖毫無保留完整塞入米亞口中。

突然，更衣室門輕被推開伴隨叫喚米亞底聲音。

「啊，媽。」

米亞張圓嘴未及闔上以膝著力挺腿伸背並協調原先高舉妝具雙臂旋身回首白嘩嘩人工尼龍紡絲鏤花婚禮紗裙如天幕降雪直披峭巖峻嶺連同崖上傲然古松一併掩蓋，林先生在大雪降臨一刻同步驚覺立背挺胸縮小腹雙眼直視前方以分毫之差緊接妻問候語後一邊招呼丈母娘一邊尋空截收鋒芒晶瑩寶劍回鞘。

「伯母。」

「還伯母咧，再過幾小時米亞就是你的人，我也算你岳母，」米亞母接過女兒手中蜜粉妝底，「新郎倌快出去，外面親友都去打打招呼。」

「呃。」

「媽，我們再一下，你幫我們擋擋。」

雪下傲松愈冷愈勁逼使米亞寸步難移佇立夫側盯瞧慈母窘於應答殊不知方才飢婪暴食拓暈血紅唇膏已壞了數鐘頭前費時雕琢新娘妝絕色完美熟形唇廓。米亞母見外擴豐唇難再光澤無法修繕心念一轉側目瞧盯林先生潔淨似雪緊抿唇線露出會心邪笑，便簇擁女兒靠向房門一步兩步試圖如春神融霜催醒大地劃開雪線範圍。她謹慎趨步顧盼回望深恐數分鐘前夫妻間緊密結合遭驅離切割露出應僅有妻才能明白令自己輕顫驕傲與雄偉。

就在大雪融盡古松竄天那刻，林先生唰地起腰轉身俯背拉筋伸展並在背對岳母一刻關閉褲拉鍊同時熟練甩手舒筋以扭轉頸脖分散注意力，祇是原先筆挺西褲隆起兀傲難馴屬於雄性底固執；祇是米亞母眼中目睹驚訝時閃爍竊喜已同時為林先生及米亞牽纏拉扯亦逐步行向崩壞腐爛不歸之路鋪築了苦難未來。

※

我想必須動手了。

※

十二月底最末日一如往昔天寒地凍似能為跨年心願靈驗增添些許氣氛更顯情侶家人間親密幸福。由於跨年後第一個周末林先生才能自上海返回，米亞期待首次寶寶跨年在毫無商討餘地下落空並得說服自己需坦然面對與夫分隔兩地獨自跨年首次經驗或許別有滋味。米亞下午在白天協助照看嬰底母親離去四點後不到五點轉動了鑰匙接觸門鎖上孔洞洩溢銅味並乍響金屬咬嚙聲宣告回家。

其實會如此行為也是經過深思熟慮百般琢磨後能說服自己甚至其他人現在與未來不能後悔無法回頭種種。六年來米亞一寸寸在我心中結下牢不可破如蛛絲黏稠糾葛纏牽之密網，原以為將陪伴我直到生命盡頭並在疲憊雙眼垂下緊閉缺漏齒槽凹陷裂唇臥床難行並因久榻褥瘡疼痛惡臭纏身時緩緩輕撫滄桑凋萎靈魂以至得以剝除鉤攀一生難以原宥罪愆而超脫昇華；孰料看似堅固永恆連結竟被一只不足兩吋粉肉嬰孩擊破粉碎，之中蔓延盤根錯節是從來未曾遭逢綿密強韌難以忽視以至於我與米亞間僅存互相珍視六年過往如同浸潤溼透廁紙無須用力即崩裂四散無力回天。

米亞啊。

今日之後，你我將告別過往愉悅時光及一點一滴累積堆疊彼此信賴互愛，在離開世間闔眼前也許試在月光下洗滌自身靈魂並於枕臂入夢前輕喚你名字以自贖這一切及伏祈上蒼膺懲曾犯過之罪戾，因為這些都不足以秤量等重我對占去你心智自由美麗而持續於夜裏兀自發散因有著你珍貴血液自恃尊貴而哭嚎鬼叫嬰孩引起巨大憤恨。

推開門前她自門底縫洩入房內獨有松脂香氣於地面延伸推展，我靜靜自屋頂通向戶外街道底透明玻璃氣窗由外窺內，嬰維持三十二分鐘前姿勢閉目張嘴似美食當前不忍收舌斂唇而貪吃致死案例，圍欄床中維持體溫賴以生存溫暖被褥皺摺凌亂堆擠翻覆有些是被嬰足踢踝蹭有些則由嬰臂扯拉纏肘。格窗仍嗅得屋中因米亞下班返家入內而引擾著壯闊如瀾瑰麗異常專屬她美麗及鍾愛六年給我深刻甜美回憶底松脂香氣，祇原應還是嬰該徐徐飄散承襲母體獨有芬芳並融合自身微發粉嫩淡紅顏色光芒柔和奶香早已消逝殆盡，取而代之是隨時間軸逐一腐臭潰爛身體底部位及永不回溯屬嬰才有對不可觸及未來愈見強大任性同時失落遺憾快速醱酵著惡嗅爛氣。

透過玻璃氣窗看過去米亞依舊美麗如同六年前初次見她驚喜與崇拜，而今我已知道過去無論完整美好抑或破碎殘缺皆無法隨身帶走一同邁向未來日復一日等候終止之日到來，那已被滯留也可能遭毀損消滅。骨董鐘發出巨鳴讓玻璃氣窗微微發顫。

米亞推開門走向嬰，然後嚎啕發出悲慘哀鳴。

※

「……一周前，也就是去年年底跨年當天，台北市區發生的嬰兒離奇死亡案件，今檢調有重大突破。一名台商妻子上周下班回家，發現三個月大的女兒離奇死於床內，立即報警。案發現場並無打鬥痕跡，而當天幫忙照顧的六十歲母親也已排除涉罪嫌疑，由於該台商當時赴上海洽公，女嬰的死成為懸案。

「經家屬同意解剖驗屍後檢調意外發現，女嬰食道、氣管阻塞大量貓毛是致死主因，『……女嬰約三個月齡大，死亡時間估算是下午三點到五點之間，我們在檢驗時發現，她的食道、氣管以及胃部有大量貓毛與蜂蜜，口腔與雙手也沾有貓毛、蜂蜜，推測女嬰死亡前曾握抱過貓，並被遭強制餵食貓毛，至於蜂蜜我們還在檢驗……』

女嬰母親坦承家中曾飼養一隻長達六年的公貓，但案發後公貓消失無蹤；檢警調查本案時發現，僅住家廚房地板有一罐摔破的蜂蜜，其餘皆整潔乾淨，目前全案疑點重重，由檢調進行更深入的追查，以上記者台北報導……」

一月冷風夾雨捲入商店騎樓打溼佇於電器商家櫥窗前緊盯展示電視底我，新聞過後寵物貓飼料鮮魚罐頭廣告透過喇叭傳入耳膜內叮咚作響，從未在外活動這是六年來頭一次也是最後一次踩著騎樓飄進積汙雨水冰冷刺骨由腳墊快速攀升擴延背脊腦門狠狠壓迫雙眼。靠於長期停放馬路邊塵垢厚疊機車旁我蹲下輕輕舔舐脫毛底尾巴，紅粉嫩膚色赤裸在舌尖撫舐及寒風包覆輕撓下原先拔毛錐心齒貝咀嚼尾梢引起灼熱如地獄煉火焚燙疼痛因而舒緩許多，儘管已過一周尾巴當時被雙唇溫熱裹覆及牙磨齒嚼一根根拔去尾毛刺骨痛楚仍流竄血管停駐細胞內像生來已知將有如此命運而隱忍承受巨大悲痛般緩慢並堅毅將充分沾裹蜂蜜底尾梢交付嬰手一寸寸塞入嬰口中。

前方金光男人在車燈快速閃映串連銜接對街綿密重疊雨幕中愈漸耀目光芒於寒雨急驟冬日初昏顯得熟悉溫暖卻又陌生冷峻似招呼又同時厭惡排拒著我。依順自身耳內逐漸擴大令人懷念規律骨董撞鐘聲邁步向前，並舉起光禿無毛尾梢踩過騎樓高低階差踏上漩流沖決匯汨暴水底馬路，我朝向男人緩慢走入暴雨呼嘯疾駛車道中。

米亞。

二〇〇九年六月二十日

父親節

當父親第二次離座前往廁所時，我也起身打算進廁所補一下嘴角與下巴的妝。

這間住家附近剛開半年的吃到飽火鍋店，父親節訂位早在兩個月前額滿，靠著朋友關係，才勉強弄到當日八點以後的席位，畢竟食材鮮度夠、種類多，生蠔明蝦干貝和牛生熟飲料甜點酒水區前，無不擠滿五十歲以上，兒女總算負擔得起，並願意開銷一頓千元在自家人身上的男性。

這些父親用一種滿足並自豪的方式，將手上的菜盤堆疊成一座豐收的小山，再用足以追趕上等待子女長大的這些年的節奏，吞下一年唯一一次我們幾乎視為例行公事的主動聚餐，就像急著填滿空白那樣的嚥著。

包括我的父親。

「你敆記得？十幾年前，噢，好多吃到飽，伊當時陣很多人呷飽攏去便所吐，吐了擱繼續呷。」

「現在沒人這樣啦，大家都吃得精巧，也比較在意料好不好。」

「難怪，蝦米攏有，幾百項有喔，」父親的頭興奮轉動，「我來試看看全部呷一輪。」

大約是父親第四次將食物吃了精光再起身取料時，我喊住他。

「肩膀這邊都脫線了。」

「哇想共今哪日呷飯穿咯正式，我娶你母就是穿這套，想不到時間這呢緊，年底你也要嫁人了。」

就在我補著嘴角與下巴的妝，同時盤算幫父親訂做新西裝時，隔壁男廁傳來令人心驚的聲音，那是一陣陣故意掏攪胃囊的嘔吐聲。

然後，我趕回坐定，視線模糊看著興高采烈回座的父親，及一朵他順手擱上桌子擦拭嘴角的衛生紙，而他的聲音卻清晰刺入心底。

「我還能再吃。」

AKB48男孩

我終於明白那個在日本殺死自己心愛女孩，最後在警車上用刀刺死自己的男孩心裏是怎麼想的，那是在反覆聽了AKB48的Heavy Rotation之後，了解所有男孩，是如何在近乎魔幻的旋律與充滿希望的歌詞中，企圖尋回自己最純真與最純淨心靈的渴望。那個男孩花了生前最後一筆錢買AKB48表演的票券，並躲入AKB48的練習場，他甘冒著被逮捕的危險，期待當晚AKB48的演出，因為他知道人生走到了絕望之境，祇剩下AKB48的歌曲能救贖自己的靈魂。這也是為甚麼他能在被警方詢問姓名時，沉穩而安定地回答，是，我就是你們要找的人。他是憑著這股信念將藏在身上的水果刀刃刺入心臟的，他也許害怕、困惑，也許他沒辦法回答最初為何殺死自己心愛的女孩，但在他自我結束生命的一刻，所有日本警察都聽到了他口中哼唱著I want you, I need you, I love you，嘴角同時露出後來所有人形容奇異而平靜的笑容。

巧合

男人不喜歡這種巧合，特別是從他失足墜崖那天起電視新聞上反覆報導時搭配的樂音，格外令男人心煩。

若沒記錯，三十四年前還是大學生時，在一個文化中心頒獎場合聽到了那首曲子。起先男人並未在意，是不斷重複播放的旋律，引起男人領完獎卻順道溜進鄰廳瞧瞧的好奇心。

那是一首七十年歷史的日本歌謠，描述原住民女孩為師扛行李下山不幸失足墜溪，原先祇是單純意外，卻在日本政府又是送鐘、又是作歌的嘉許紀念下，竟成了光復前一段愛國佳話。

然而新政府成立後，往昔的愛國瞬間變成叛國，彷彿亟欲刮除記憶一般，紀念碑上未能徹底清除的種種亦一併遭人圮毀。

「那條路已經找不到了，連現在你看到的碑都是後來隨便找地方重起的。」

男人隱退前曾一度想試著去找那條肩貨之路，那個夾於兩口山洞間遺世而存的小村子，反覆哼唱這條曲子邀誘著男人，那是直至今日在新聞上聽見與焦急搜救畫面不協調，卻依舊激起一股尋山找路衝動的樂曲。離塵絕世的浪漫呵！

這樣的巧合，男人不喜歡。

就像原以為祇有自己知道的祕密必須與人分享那樣地不喜歡。

然而見面時，男人知道自己會因想探問他為這場失蹤花多少時間、金錢安排打點，而忍不住攀談起來；當然，還包括那具失足山崖下栩栩如生的大體。

餓了

有一次半夜醒來，肚子餓得發慌，三更半夜去哪裏找吃的？

起身後不自覺地往廚房冰箱走，甚麼也沒，除了已經被吸乾水分的兩把青蔥外，還有一包將塑膠袋沾粘成一團的黃色膏狀物，整個冰箱充滿了水果腐掉的味道。

哎呀！真的不行啦！

我彎下腰拿了櫥櫃裏的菜刀，半夜被沖洗的菜刀觸感真冰涼。我握著洗淨的菜刀輕輕轉開隔壁室友的臥室。

枕上的他睡得好熟，這也難怪，現在可是凌晨四點鐘呀。我走到他身邊，肚子竟餓得發出咕嚕咕嚕的聲音，我握緊了手上的菜刀，真是餓壞了。

該從哪吃起呢？

情人

差不多是前奏結束，準備開始唱的一刻，包廂門打開了。

她好友身上蘭蔻牡丹淡香水味兒，順著一屋子歡呼溜飄進來，她瞄了一眼，便趕忙轉頭追上拍子。

起頭幾個音岔得離譜，她蹙了蹙眉頭，將麥克風握得冒汗。

那人是誰？怎麼這樣面熟？

雖是剛剛一瞥餘光，但再確信不過，這個彎在好友身後蝦腰哈笑的男人自己見過。

她假裝隨了音樂擺晃身體，慢慢將臉朝向電視。不，更正確說，是讓臉背對男人。

這是這四、五年才養成的習慣，畢竟要在成千上百與自己交手過的男人中找到正確人名，絕非一時半刻；假裝撥頭髮、撿東西都能為她爭取一些時間。

她低頭看表，目光掃過臂側，設法追上仰杯的男人面孔。

十一點剛過，七旬老母應該睡了，八年前父親過世後，母親每晚總早早就寢。

「來，你的杯子呢？跟我新男友喝一杯。」

朋友一見曲畢，急忙來拉她的手。

麥克風還握著呢！她的頭順話尋杯，更伏低了，隱約察覺男人灼熱投來的目光，一個迴身，旋了兩轉，酒杯呢？

「啊！我的歌，又是我的歌。」

他這麼面熟，就是記不起來，也是露水姻緣罷。

歌唱一半，身後湧起留人腳步的酸話。她削肩瞄去，男人蝦腰哈笑朝門口退去。

朋友叮嚀一聲交通平安，她才鬆了一口氣。

那晚很盡興，到家已凌晨四點，她輕聲入內避免驚擾老母。差不多是她彎過甬廊準備盥洗，浴室門打開了。黑暗中撞來一人，光溜身子蝦腰哈笑。

她身後傳來母親喊聲：「快點，再來一次嘛。」

外婆

五月最後一天，我從朋友家回來，轉動鑰匙，打開房門時看見我死去半年多的外婆站在我的床邊。

她身上穿著深藍色上衣及黑七分褲，雖然沒見過，但直覺就是壽衣，靛藍深黑，塑布光滑映著我房間窗外的街燈。

她頭向前傾斜，頭髮稍微散在耳邊，如果是我認識的朋友，那種姿勢看起來就像站在那想著甚麼事情似的。

我放下背在肩上的背包，聽著對面鄰居抽水馬達喀嗟喀嗟的抽水聲。

外婆靜靜地站在我身後，面對床鋪、背對我及書桌。

我深深地吸氣吐氣，這是我的外婆呀，左後方的她在我眼底的餘光下像門扉一樣地站著。

我不敢回頭，就這樣扶著書桌，聽著窗外規律的馬達抽水聲掉下眼淚，像是期待這一刻期待了很久。

也難怪畫家這麼高興，這批作品台北展完，陸續將巡迴上海北京等地，屆時揚名海外不可限量。

「更讓我高興的是，以前未曾出現的高中同學，今天全都來了。」

「之前沒出國，不來的。」

我跟著同學一陣哄笑，並為自己因這樣親密的玩笑，引來在場所有國內外學者、藝評、企業嘉賓投以豔羨眼神感到一絲得意。

畫家一身白衣白褲，露齒淺笑。

幸得畫家丈夫招呼打點，畫家才偷閒得空繞來我們這桌轉轉。一落座，大夥兒嗓門哪管氣質不氣質，全拔尖了吆喝。

女校畢業至今大家頭一回這麼聚，幾個同學邊糗畫家準是拿油料保養那張硬是少我們幾劃皺紋的臉蛋兒，邊伸長手想捏畫家一把腮幫子。

「你也來了。」一陣戲鬧，畫家喘紅了臉，轉頭看我。

我急急忙忙放下咖啡，笑得有點僵。

「就你們兩個沒甚麼變，不顯老，快說！都做了甚麼？」

「那叫氣質路線，我們不懂的啦。」

「咦，是不是你有個雙胞胎姊姊還妹妹的？也很漂亮？祇是這裏多個痣。」

不知怎的，話題朝我掃來，同學中更有人探手也想捏我臉頰。

我捧了臉閃開，笑得更僵。

散場時畫家一一送我們上計程車，最後輪我，她溼著眼將我一雙手揉進胸口。

「你還是這麼漂亮。」

我在計程車駛過第三個路口後下車，一腳踩進午後滂沱大雨中，任憑頰上的痣沖刷浮現，並開始懊悔剛才未能開口告知姊姊幾年前過世的消息，畢竟畫家是這麼高興，那應該也是她與姊姊交往時的高興罷。

老作家

是直到站在老作家面前，她才發現自己從開始便顫抖不停的雙手。

不知是興奮激動，還是惶恐戒慎，她終於理解過去電視中被偶像觸撫而狂喜落淚歌迷的心情，對她而言，端坐於紅布簽名桌後的老作家如同那些被千萬信徒簇擁呼喚的巨星，尤有甚者，是神祇般偉大。

特別是對她而言。

一出生罹患肝炎的她，成長過程中，身體因肝臟無法代謝甲基硫醇與二甲基二硫化物，總散發一股旁人無法忍受的臭味，老一輩稱之為「肝臭」。

因此，她記憶裏逐漸熟悉著各式各樣自國小開始叢生的嫌惡表情，與各異型態卻異曲同工的排擠，甚至是小學到校頭一天老師介紹眾人時，唯獨未將雙手搭在她肩上。

她記得那次老師愈站愈遠，最後退至黑板邊緣，而自己則孤伶伶在講台另一端顫抖著。

直到三年後，班上同學一把將興沖沖跑來也想跳繩的她推倒，並大喊「走啦，臭咪摸」，自己才驚覺長期以來令眾人厭惡排擠的原因是氣味，她自己從未察覺的氣味。

之後的歲月是反覆透過身周無數次欲蓋彌彰的掩鼻、皺眉，而愈加深刻的自我否定，她甚至幾次想結束生命。她深信嗅覺是她的敵人，她不知道誰能做她的朋友。

直到那年她第一次見到老作家。

她永遠忘不掉在老作家逐一簽過她帶來的藏書後，伸出了右手，自罩有紅布的簽名桌一側引過她的手，伏下唇，像嗅聞甚麼美食般，停了一個既深且長的呼吸，並似乎留著點眷戀輕吻了她。

那是比起這些年她因閱讀老作家著作而逐漸走出陰霾，更能自我肯定的一吻，雖然整場簽名會下來，他如啄木鳥般啄了不下上百位書迷手背，但她仍因他未閃躲嫌惡而感激得泫然欲泣。

對她而言，他是讓她活下來的光明指引。後來幾年老作家的簽書會上，她總興奮伸長了手迎接這一吻，短短兩秒內結束的動作，有如一世紀之久，可以的話，她希望能在自己的記憶中延長更久。

所以她惶恐戒慎不錯失每次老作家的簽書會，並在將手伸至他面前時努力抑制因興奮引起的顫抖，那是比起去年更劇烈明顯的顫抖。

祇是這次，她激動過頭了。

就那麼一瞬間，老作家右手在她拉扯下，一件甚麼黑色的小東西自右肩噴了出來，敲擊身後背板，彈落地上。

繃緊神經的她立刻伏下身探入圍有紅巾的簽名桌下找，動作極快，連他身邊的工作人員也不及阻止。

然後她看到了老作家友善的原因，那是桌面以下兩台家用電腦主機串連後運作極為複雜細膩宛如真人的程式運算。

她連忙起身，深吸一口氣，終於她聞到自己身上如糞的惡臭。

然後她整整衣裙，接續之前未完的動作——她陶醉地伸出手讓老作家如往常與未來一樣，帶著點眷戀深嗅並輕吻。

AKO0305 新人間

我的家在康樂里

作　者—謝鑫佑
資深主編—謝鑫佑
校　對—謝鑫佑 吳如惠
行銷企劃—藍秋惠
美術設計—蔡南昇 金彥良
總 編 輯—胡金倫
董 事 長—趙政岷
出 版 者—時報文化出版企業股份有限公司
一〇八〇一九臺北市和平西路三段二四〇號四樓
發行專線—（〇二）二三〇六—六八四二
讀者服務專線—〇八〇〇—二三一—七〇五
（〇二）二三〇四—七一〇三
讀者服務傳真—（〇二）二三〇四—六八五八
郵撥—一九三四四七二四時報文化出版公司
信箱—一〇八九九臺北華江橋郵局第九九號信箱
時報悅讀網—http://www.readingtimes.com.tw
文化線粉專—http://www.https://www.facebook.com/culturalcastle/
法律顧問—理律法律事務所 陳長文律師、李念祖律師
印　刷—紘億印刷有限公司
初版一刷—二〇二〇年八月二十一日
定　價—新臺幣四〇〇元

時報文化出版公司成立於一九七五年，
一九九九年股票上櫃公開發行，二〇〇八年脫離中時集團非屬旺中，
以「尊重智慧與創意的文化事業」為信念。

我的家在康樂里 / 謝鑫佑著. -- 初版. -- 臺北市：時報文化, 2020.08
288面；14.8X21公分
ISBN 978-957-13-8324-8(平裝)

863.57　　109011398

ISBN 978-957-13-8324-8
Printed in Taiwan